『わー！　生で初めて見たわ！　魔物の五億倍可愛いわね！』
竜王
ライカ

竜姫
ティアラ
魔王
アルナ

『しっかり並んでくださーい！
押さないでくださいねーー！』
吸血姫
リリア

『ちゅちゅちゅ!』
「顔が気持ち悪くなっているぞ、ライカ」

売国奴として
国を追放された商人、
実はチートな人脈を
持っています
2
A merchant who has been banished
from his country as a seller, actually has a cheat network
AUTHOR
はにゅう
ILLUSTRATION
福きつね
～和解をしようとしているがもう遅い。
竜姫、魔王、吸血姫たちが怒って
一斉に攻撃を始めてしまいました～
一迅社ノベルス

イラスト／福きつね

CONTENTS

A merchant who has been banished
from his country as a seller, actually has a cheat network

序章　禍福

「レイン、見て見て。アルナに招待状が届いた」

「招待状？　何かのパーティーに誘われたのか？」

「ちょっと違う。魔界祭の招待状だよ」

　魔王城の一部屋を借りて商品の在庫などを確認しているレインの元に、小さな魔王がトテテと紫色の髪を揺らしながら手紙を見せにやってくる。黒を基調とした丈の長い服。足の長さにあっていないのか、床に引きずりながら歩くことになってしまっている。

　袖もまくらないと手首から先が出ないようなブカブカさであり、本当はもう少しスタイルが大人になってから着るべき服なのだろう。

　ただ、それでも似合っていないというわけではなく、可愛《かわい》らしさという意味では成功している気がする。……本人は可愛さより威厳を出そうとしているみたいだが。

　そんなアルナが膝の上に乗り、レインの顔の前でバッと手紙を開く。ご丁寧に見やすくしてくれているつもりだろうが、近すぎて逆に見にくい。

　ただの人間の商人と皆が恐れる魔王の距離感とは思えないが、誰もこの二人に文句を言う者はいなかった。なぜなら、魔王アルナ自身がレインのことを自分と対等な存在であると認めているから。こんな風なやり取りも今に始まったことではない。

アルナが言うには、魔界祭という祭りの運営者から招待が来たようだ。

「魔界祭って、この前みんなで行こうって言ってた祭りのことだよな？」

「そう。ティアラとリリアも行くみたい」

竜姫《りゅうき》ティアラと吸血姫《きゅうけつき》リリア。現在各々の拠点で過ごしているであろう二人は、売国奴として人間界を追放されてしまった自分をサポートしてくれている恩人だ。彼女たちと取引の関係を持ったことで、人間界の国王から国の情報を売っていると勘違いされた過去がある。

しかし、レインは彼女たちのせいなどと全く思っていないし、むしろ感謝していた。人間界からの追っ手を撃退してくれたこともあるし、レインが身を隠す拠点を用意してくれたこともある。ちょっと癖が強い部分もあるが、とても頼りになる存在だった。

そんな二人も参加する魔界祭。初めてのレインをエスコートしてくれるらしく、どんな催しがあるのか楽しみだ。

種族的な意味で部外者である自分が参加するなんて一生ありえないことだと思っていたが、アルナたちがやけに誘ってくるものだからレインが遂《つい》には折れることになった。

一度行くと言ってしまった以上、今さらやっぱりやめますなんて言うつもりはない。これはレインの信念だ。

「祭りなのに招待システムなんかあるんだな」

「アルナが特別なだけだよ。魔王みたいにトップに君臨する立場にならないと招待はこない」

「そうなのか。じゃあティアラとかリリアも招待されてるのかな」

レインの問いに、アルナは首を傾《かし》げて人差し指をぷにっと頬に当てる。

「二人とも種族の王なんだし、届いてるんじゃないかな？　今回が久しぶりの参加って言ってた気がする。レインも行くんだからね」

「もちろん約束は守るよ。人間ってことがバレないようにしなきゃな」

　レインが魔界祭に参加するにあたって、人間であることを隠さないといけない。

　魔族の中には人間を毛嫌いしている者も多く、もし正体がバレたらトラブルになりかねない。差別のようなレベルではなく、一方的な流血騒動に発展するであろう。

　もしもの時はアルナたちが守ると言ってくれているが、できる限り迷惑をかけたくないのがレインの本心だ。

　特に、今アルナには城を拠点として使わせてもらっている。下手《へた》をしたらアルナだけでなく城の従者まで巻き込む可能性があるため、慎重に行動する必要があった。

「大丈夫。誰もレインには触れさせないよ」

「アルナが言うと頼もしさが違うな」

　アルナは右手に力を込めて青い炎をまとわせる。これは威嚇のようなものだ。絶対にレインのことを守るという、強い意志がヒシヒシと伝わってくる。

　このアルナの相手をする者がいたとしたら、正直そっちの方を応援してやりたくなるかもしれない。

「レインが望むなら一生守ってあげられるからね」

「ハハ、もしそうなったら一生安泰だな」

「……冗談じゃないのに」

アルナの言葉を、レインは冗談と軽く受け流した。

いや、本当は真面目に言っていると感じ取っていたが、冗談として受け取ることで言及しなくて良いようにした。

アルナはムッとした反応を見せているが、毎度のことながら我慢してもらうしかない。

「と、とにかく楽しみだな。二日後だっけ？」

「そうだよ。魔界祭にはたくさんお店がある。屋台だけでも全部回り切れないくらい。レインが好きそうな宝石とかの店もある。それに加えて色んな種族も見れるよ。だから楽しみにしてて」

「へぇー、本当に規模が凄《すご》そうだな。アルナはどんな店を楽しみにしてるんだ？」

「アルナは魔界祭で売ってる限定お菓子が楽しみ。種族によって特別なお菓子もあるから選《よ》り取《ど》り見取り」

「特別なお菓子？」

「五回味が変わるキャンディとか、一時間舐《な》められるキャンディとか、それとそれと――あ」

アルナが熱弁していると、急にお腹《なか》がぐぅぅーと鳴る。色々と想像したせいで、お腹が空《す》いてしまったらしい。

それにしても、超がつくほどのキャンディ好きは健在なようだ。それも魔界祭の時にしか売られていないとなったら、熱が入ってしまうのも仕方がないであろう。

アルナが少し恥ずかしがるように笑ったので、レインは彼女の頭の上にポンと手をのせる。

「ちょっと早いけどご飯にしてもらおうか」

「そうだね。こんな話をしてたらお腹空いてきちゃった。用意してくれているはずだから行こ」

レインはアルナと一緒に魔王城にあるダイニングに向かう。アルナにはとにかく甘いものが、レインには人間用に作られた食事が待っているはずだ。クオリティーは人間界の三つ星店を遥《はる》かに勝るレベルで、この時間帯が毎日の楽しみになっている。

自分が仕事で持ってきた食材も含まれているため、余計に美味《おい》しく感じるのかもしれない。

二日後に控えた魔界祭に備えて、歩き回っても倒れないようにしっかり栄養補給をしておこう。

やけに引っついて歩くアルナを隣に、レインはソワソワしながら歩いていたのだった。

◇◆◇◆◇◆

人間界に存在する商人ギルドは、レインがいなくなったことで一番厳しい状況になったと言ってもいい組織だ。今までの十数倍以上届く取引先からの苦情。契約を解除して個人の商人を雇う店もあれば、ギルドから脱退する商人も増えてきた。

レインという一番の稼ぎ頭が消えた上に、この痛手。普通に考えたら、元の状態にまで立て直すために十年は必要になってくる。

そんな商人ギルドであるが、この現状を打破する策はあった。それはレインが残した取引相手リスト四冊。正確には、残したというよりも盗んだという感じだがそれはこの際関係ない。レインが追放されて周りが混乱していた時、それに乗じてリオードたちが手に入れた。

取引相手リストとは、商人にとっての命と言っても過言ではない。もし他人に奪われてしまったら、自分が努力して獲得してきた客を奪われる可能性だってある。

レインが残したリストは合計で四冊。その客の中には、一般的な相手だけでなく、人間界トップの貴族や魔界の魔族が当たり前のようにいる。

こんな代物を手に入れたギルド会長リオードは、レインの客を根こそぎ奪うつもりで組織を動かしていた。

そろそろこの作戦の結果が報告されてくるはず。順調に事が進んでいたら、今月ギルドに入ってくる金は歴代最高レベルになるはずだ。

リオードは部下の報告をまだかまだかと待つ。ストレスによって髪は抜け落ち、しわも増え、髭《ひげ》も剃れていない。一応高級な服は着ているものの、それさえ取り換えてしまえば浮浪者と見分けがつかないくらいだ。

そんな時——コンコンと部屋の扉がノックされた。

「来たか！　入れ」

「し、失礼します……」

部下は何やら浮かない顔で部屋に入ってくる。今から報告をするというのに、なかなか縁起が悪い顔だ。

まさかと悪い予感がしたが、リオードは流石《さすが》に失敗することはないと自分を落ち着かせる。

レインのリストがあれば、どれだけ下手な商人でも失敗なんてありえない。それこそ何件か断られてしまうことはあっても、全滅なんて何か相当なやらかし事をしてなければ大丈夫だ。

リオードは指をクイクイとして報告を促した。

「どうだった？　相手は大物だったはずだ。何割くらいにコンタクトが取れた？」

「そ、それが……ゼロです」

「……は？　会わせてもらえなかったということか？　それならちゃんと説明しろ。レインから引き継いだと」

「い、いえ……会うことはできました。ですが、全員レイン以外と取引するつもりはない……と」

「何だと⁉」

リオードはついつい声を荒げる。ドンと机を叩《たた》き、部下は怯《ひる》んで一歩だけ後ろに下がった。

最初は悪い冗談だと思ったが、部下の神妙な様子を見ていたらそんな類《たぐい》ではないと分かる。

まずは詳しい状況を把握しなければ。リオードは無理やり心を落ち着かせて、詳細を問いただした。

「しっかりと説明はしたんだな……？　その上で断られたということなのか？」

「その通りです……レイン以外は信頼できないとか、レインじゃないと嫌だとかおっしゃっていて」

「本当に全員がそう言ったんだな？　レイン以外は駄目と言ったんだな？」

「はい……」

リオードは何度も念入りに確認する。部下が嘘《うそ》をついていることも視野に入れたが、流石にその可能性は考えにくい。

ならば、本当にレインじゃないという理由だけで上手《うま》くいかなかったということになるが……。

百人以上が口を揃《そろ》えて同じことを言うなんて、普通なら絶対にありえない。こんなことがずっと続くなら、せっかくレインのリストを手に入れたというのにほとんど意味がないということになる。

　ギルド立て直しのために考えた作戦が一気に崩れた。

「つまり……失敗ということか」

「そういうことになってしまいます……やはりレインの持つブランド力は凄《すさ》まじく、入手方法が困難で我々では取り扱えない商品もありました」

「クソッ！　どうすればいいんだ」

　リオードは机の上にあった書類をくしゃくしゃにして投げる。作戦が成功した時のために、今後の展開予定をまとめていた紙だ。今はもうただのゴミになってしまったが。

「レインはもうこの世にいないんだぞ！　それなのにどうしていつまでもレインにこだわるんだ……！」

「会長、それがまだレインが死んだとは断言できないそうです」

「……なに？　追放して死んだのではないのか？」

「いえ、魔界でレインを見たという兵士が多数いるようです。というのも、魔界の奴《やつ》らと手を組んでいるのだとか」

　リオードは耳を疑った。歴史の中で、国外追放されて生き残ったものなど聞いたことがない。レインもその例に漏れず、魔物に食い殺されたと勝手に思い込んでいた。だが、レインはそんな過酷な環境の中で生き残っているのか。

　魔界の奴らと手を組む――とは元々取引相手だった奴を指すのだろう。記憶が正しければ、竜族、魔族、吸血鬼などを取引相手としていたはずだが……。

　にわかには信じがたい情報だが、もしレインが生きているのなら手の打ちようがある。

リオードにもプライドがあるため、今さらレインに頼るというのは情けなく思うが、現状を変えるにはレインの力がないと厳しい。

「それが本当なら、どうにかしてレインにコンタクトが取れないか……？　まずは話をするだけでもいい。とにかく国王様に気付かれないようにするんだ」

「……兵士の証言とリストから、レインの行動ルートを予測することなら可能です。使い鳥を使えば、手紙を渡せなくもないかと」

「そうか。……よし、それだ。それをやるぞ。急げ！」

　リオードは少し考えると、思い切って決断をする。本当ならもっと考慮するべき問題なのだが、少しでも早く問題を解決したいため他人の意見を待たない。日頃のストレスからもう解放されたいというのが本音だ。

　夜もまともに寝られなくなって、白髪も目で分かるくらい増えて、食事も喉を通らない日があって。

　間違いなく言えるのは、レインの力を軽視し過ぎていた。こんなことになるのなら、もっとレインに恩を売っておけば良かったと思う。

　今はもうレインに掛け合ってみるしかない。リオードはこの日初めて、レインの生存を心から願う。

　そして、椅子の背もたれに体を預け、深いため息をついたのだった。

第一章　魔界祭

魔界祭当日の朝はとても晴れやかな天気だった。

レインが借りているこの部屋は、朝思いっ切り日光が入ってくる場所にあるため気に入っている。魔族的には日光が入ってくる部屋は逆に居心地が悪いとのことで、快くこの素晴らしい部屋を割り当ててもらえた。

そんな気持ちの良い目覚めを味わっているレインの前には、部屋を割り当ててくれた張本人――というか、この城の主《あるじ》であるアルナがいた。

「おはよ、レイン。いい天気になったね」

「雨が降らなくて良かったな。体調もいいし、ベストコンディションだ」

初めて参加するレインは、久しぶりにドキドキとした気持ちを味わっている。

一体どれほどの種族が、どれほどの規模で集まるのか。未知の世界過ぎて、予想すらまともに立てられない。

アルナに詳細を聞いてみても、ボキャブラリーが乏しいせいか「凄《すご》いんだよ」の一点張りである。

「レインの服、いつもと違うね。なんか地味」

「あんまり目立ちたくないからな。念のためだよ」

アルナはレインの服装の違和感に気付いた。いつもは緑と白のマントを羽織っているのに、今日はそれがない。

全体的にボロっとしていて、どこにでもいそうな服。茶色が多くて、正直に言うとちょっとダサい。さすらいの旅人みたいだ。

アルナ的にはあまり好みではないが、変装のためというのなら仕方がないだろう。確かにこれなら、少なくとも商人とは思わない。

そんなことより、とアルナ。

「見て見て。この服どう？　可愛《かわい》い？」

「うん。アルナらしくていいと思う。でも……それってもしかして」

「そうだよ。レインが昔持ってきてくれたやつ。せっかくの機会だから着てみた」

アルナは星の模様が描かれたワンピースを着て、堂々とレインに見せつける。その場でクルっと一回転し、膝を折って裾の部分をクイっと持ち上げた。

何だかどこかで見覚えがあると思っていたら、過去に自分が商品として持ってきたものだったらしい。ここまで見事に着こなされると、ワンピースもきっと本望だろう。ついつい拍手してしまいそうになった。

一通りアピールが終わると、本来の目的を思い出したようにアルナは机に置いてあったコップを手に取る。

「起きるの遅かったレインに目覚めの一杯。持ってきてあげた」

「ん？　なんだこれ？　凄く濁ってる気がするけど……ポコポコ泡立ってるし」

「蛇神《じゃしん》のエキス。目が覚めるよ」

「俺が飲んだら大変なことになるぞ……」

レインは、アルナが差し出したコップをそっと元々あった場所に置く。

アルナからしたらパッと目が覚めるくらいのものなのだろうが、人間であるレインからしたらほぼ毒のようなもの。

もし仮に飲んでしまった場合――一か月間眠れなくなるか、永遠に目覚めなくなってしまうかのどちらか。きっとロクなことにならない。今回は気持ちだけ受け取る形にしよう。

「あと、現地でははぐれないようにね。はぐれたら見つけるのは難しい」

「確かに……気を付けないとな。アルナの周りには魔族が集まってきそうだし、気を抜いたらすぐにはぐれそうだ」

「そんなに集まるかな？」

もちろん――とレインは頷《うなず》く。

アルナは魔族からしたらアイドル的な存在。何もない空き地に現れるだけでも、そこはあっという間にイベント会場に変わる。

アルナ自身は自分の凄さをそこまで認識していないようだが、一つの能力と言っても過言ではないものだ。

最悪の場合、アルナが現れるだけで魔界祭が潰れて握手会が始まるかもしれない。

「もし集まらないとしても、アルナが参加したら大騒ぎになるのは間違いないぞ」

「そう？」

「だって参加者には何も言ってないんだろ？」

「おぉ、サプライズ。かっこいい」

アルナは納得するように頷く。

魔界祭などの表舞台には長く姿を現さなかった自分が、急に何の前触れもなく姿を見せたらみんな驚くのも無理はない。

特に深い理由があったわけではないが、何も知らない側からするとそれ相応の理由があると勘違いするであろう。

これこそアルナが理想とする恐怖の魔王像。

昔、力で世界を支配していた父親のようでかっこいい。だけどあまり脅かさないように気を付けなければ。アルナはそれを心に刻む。

「今回はティアラもリリアも来るからかなり珍しいね。二人とも久しぶりって言ってたし面白そう」

「問題が起きる気配しかしないな」

「大丈夫大丈夫。アルナがえすこーとするから」

「心配だ……」

魔界を代表する三人。

この三人が集まった時——何も起きないはずがない。

最悪の場合、魔界祭自体が中止になってしまう可能性だってある。祭は賑《にぎ》やかである方が望ましいのかもしれないが、この場合なら話は別だ。

リリアはともかく、ティアラとアルナはしっかり監視しておかないと。

「ティアラとリリアはまずここに来るの？」

「いや、確か現地集合の約束だったはず」

「そうなんだ。なら遅刻しちゃダメだね」

「今から出発すれば余裕で間に合うな」

レインはチラッと時計を確認する。せっかくの魔界祭。遅刻して焦るようなことは避けたい。ティアラもリリアもきっと同じ気持ちのはずだ。

「ならもう出発しようかな」

「うん。俺は準備できてるよ」

アルナはそれを聞くと、狼《おおかみ》を呼ぶために指笛を鳴らす。すると遠くから共鳴するように狼の遠吠えが聞こえてきた。

あっという間に出発まで進んでしまった。身支度的な準備はできているが、心の準備はまだ怪しいところである。

ようやく魔界祭の実感が湧いてきた頃だ。

「緊張してる？」

「……ちょっとだけ」

「ならアルナの後ろにいるといい。ふふん」

頼りがいのあるアルナの言葉を受けながら、到着した狼の背中に乗るレイン。

アルナの指示で、バランスを崩さないようその細い腰に手を回すことになった。触れた瞬間に柔らかいと感じるが、安定感はどんな大樹の幹にも勝るほどだ。レインが思いっ切り引っ張ったとしても動かせる気がしない。

　これなら自分の腕の力が持つ限りは大丈夫であろう。

　アルナがゴーサインを出すと、狼は力いっぱい大地を駆け出したのだった。


「レイン！　やっと来たか！」

「レインさん！　こっちですよー！」

　魔界祭——会場入り口にて。

　一足先に到着していたティアラとリリアが、手を振って自分たちの居場所を示していた。

　会場入り口といっても、受付のような者がいるわけでもなく、ただ大きな木製の入場門があるだけだ。何年も使いまわされているせいか、軽くぶつかったら一気に壊れそうで怖い。

　しかし、ティアラはそんなことお構いなしに寄りかかって体重を預けていた。

「ごめん、待ったか？」

「いいえ、私は今来たばっかりですよ！」

　最初にアルナが狼から飛び降り、次にレインがゆっくりと降りる。リリアはともかく、ティアラが待ち合わせ時間よりも早く来るとは。

　レインの予想だと、軽く三十分くらいは待つと思っていたが……。それほど今日の祭りが楽しみだったのだろうか。そう考えたら、ティアラも少しだけ可愛く見える。

「おぉ、みんなオシャレだな。凄く似合ってるよ」

「当然なのだ。祭りの日にはいつもと違った気分を味わいたいのでな」

「どの服を着るか決めるのに時間がかかっちゃいました。似合っているみたいで良かったです！」

ティアラは白を基調としたドレスのような服。真っ赤なロングヘアーと竜人らしい立派な角が周囲の目を惹《ひ》きつけている。

リリアは黒で揃《そろ》えた服に加えて、日光を遮るように日傘をさしている。その美しい銀髪はポニーテールとしてまとめており、こちらも周囲の視線を釘《くぎ》付《づ》けだ。

アルナも含めて、いつもの服装からガラッと変わっているだけあって印象が全然違う。

彼女たちが元から持つ存在感も遺憾なく発揮されて、近くにいるのが申し訳なくなるくらいに圧倒された。

「それにしても凄い場所だな……」

大きなイベントであるため、どこで開催するのか気になっていたのだが……予想外の場所である。

魔界の中央から少し外れた、かなり広大な地。普段は立ち入り禁止にされていた記憶がある。

真ん中の大きな城を中心に、城下町のような形で建物が多く建っていた。今はもう誰も住んでいないが、大規模なイベントを開くとなったら都合の良さそうな場所だ。これは確かにはぐれたら大変かもしれない。

「昔、ドラゴンがこの城を建てたみたいですよ。今はもういなくなったので魔界祭に使われていますが」

「魔界遺産としても有名なのだ。流石《さすが》の我もここを破壊するのは気が引けるな」

へえーと会場を見るレイン。

確かにドラゴンが建てたと考えたら納得の規模だ。

何か理由があってドラゴンはいなくなってしまったようだが、このまま廃れさせてしまってはもったいない。だから魔界祭の会場として利用されているのだろう。なかなかに有効的な活用方法である。

「まだ始まる前だが屋台は開いているぞ。買ってきたらどうだ？」

「屋台の人たちは気合い入ってますね」

ティアラの提案。

魔界祭のメインはまだ始まっていないようだが、路地に並んでいる屋台自体は既に開いているようだ。彼女たちの手にはそれぞれ魔界祭を楽しんでいるようなものが握られている。

ティアラの手にはイカ焼きのようなものが。リリアの手にはりんご飴のようなものが。

……もう既に魔界祭を楽しんでいるらしい。

それに、レインの予想と違って安全な祭りみたいだ。騒がしいには騒がしいのだが、もちろん喧嘩《けんか》や揉《も》め事《ごと》の類ではない。その騒がしさの中には、明確に「楽しい」という感情が含まれていた。

翼を持っている魔族の中には空で飛びまわって大はしゃぎしている者も。メインが始まる前と考えたら、十分すぎる盛り上がりと言ってもいいだろう。

「その食べ物、どこの屋台で買ったんだ？」

「えっと……そこだ。ドワーフが屋台をやっておるであろう。酒飲み種族として有名だが、つまみの質も期待以上だったのだ」

「ドワーフまで来てるのか」

「ドワーフだけじゃないですよ。獣人族とか巨人族とか、面白そうな店が増えてます！」

リリアが指さした先を見ると、そこでは様々な種族がその種族の特色を活《い》かした店を開いていた。

ドワーフは特製の酒やそれに合うつまみを。巨人族は不思議な魔道具を。本当にたくさんの種族が集まっている。

そして、それは半分以上が自分と関わりのある種族だ。

久しぶりに見る顔に声をかけそうになるが、それをしていたら入り口だけでも一時間はかかりかねない。それに、人間を良く思っていない種族に見つかるリスクもゼロではないため控えておこう。

レインは声をかけるのをやめようとしたところで。

後ろから服をクイクイと引っ張られた。

「ずるい、アルナも欲しい」

「アルナもか？」

「うん。買いにいこ」

レインの服を引っ張っていたのはアルナ。

何やらティアラとリリアを指差して不満を漏らしている。

ずるいかどうかと言われればそうでもない気がするが、とにかくアルナも食べ物が欲しいというのは伝わってきた。こうなればレインもついていかざるを得ない。

「どこに行くのだ？　我はあのケバブの店がおすすめだぞ」

「私は、あの人魚の血が美味《おい》しかったのでおすすめです！　美肌効果もあるみたいですよ！」

「いやいや。ティアラはともかく、リリアのおすすめは厳しいものがあるぞ」

「あ、あんなに美味しかったのに……」

自分のおすすめがきっぱりと断られ、リリアはしゅんと残念そうな表情を浮かべた。

彼女の反応から、人魚の血というのは本当に美味であったようなのだが、当然ながら羨ましいという気持ちは一ミリも湧いてこない。

というか、もしそれをレインのような普通の人間が飲んだとしたら、美肌どころか命の危機にさらされる可能性もある。

アルナも少し引いた視線でリリアを見つめているし、残念ながらハマらなかったみたいだ。

「アルナ、どうする？」

「とりあえず行ってみる」

またもやアルナがグイグイとレインを引っ張り、その後ろをティアラとリリアがついていく。

アルナの力がやけに強くて、レインはバランスを崩して転んでしまいそうだ。

足元がフラフラの男と、それを囲む女三人。

傍《はた》から見れば、よく分からない四人組の変な集団である。

しかし、ある者から見れば化け物の集まり。

今すぐこの場から逃げ出したくなるほどのメンツだ。

「お、おい……あれって竜姫《りゅうき》だよな……？」

「ねぇねぇ！　隣にいる御方は吸血姫《きゅうけつき》様じゃない……!?」

「それだけじゃねぇ……一番前には魔王がいるぞ……」

周りの屋台からは、レインたちに聞こえないくらいの声でヒソヒソと騒ぎが起き始める。

最近姿を現していなかった魔王と竜姫と吸血姫が、まとまって行動していたのだ。噂《うわさ》ではお互いに干渉していなかったはずだが……いつの間に仲良くなったというのか。

この三人が協力し合える間柄になったというのは、自分たちにとっても関係のない話ではない。

例えるなら、大国同士が友好条約を結んだみたいな……そんな感じだろう。

これからの魔界の情勢がかなり変わってくるのは間違いなかった。

「じゃあ真ん中にいる男はなんだ？　あの三人を引き連れてるみたいにも見えるが……」

「分からねえ……けど、下僕とかじゃねえか？」

「下僕だとしてもあの三人と歩けるレベルってことだ。俺は只者《ただもの》じゃねえと見た」

「なるほどな……言われてみれば確かに強そうかも」

自分が知らない間に、何やらとんでもない化け物認定をされてしまうレイン。別にレイン自身の戦闘力は並の人間以下なのだが、三人に並ぶ力を持っていると勘違いされている。力が全てである魔界ならではの勘違いだ。

三人の周りにいることこそが、魔界で一番効果的な自衛なのかもしれない。

「すみません、この店のおすすめって何ですか？」

「ひいっ⁉　こ、こちらになります……へへっ」

「？」

一方、何も知らないレイン。

レインが屋台の主に声をかけると、まるで爆弾にでも触れるかのように対応される。

この店主はやけにビビっているようだが……。

横で商品を食い気味に眺めているアルナが原因だろうか。

雑に対応されるよりはマシだが、これはこれでやりにくい。

「そんなに怖がらなくても……」

「い、いえっ！　我々混血種にとってアルナ様は雲の上の存在でして……失礼があったら故郷のみんなに何と言われるか」

混血種と名乗る店主。言われてみれば、確かに他の種族より人間に近いものを感じる。

もちろん純粋な人間と比べたら、爪の鋭さや耳の大きさなどの違いはある。しかし、魔族というにはどれも中途半端な特徴だ。

アルナと混血種には、何か過去にやり取りがあったらしい。

アルナは武勇伝などの自慢話を自ら雄弁に語る性格ではないため、どんなことがあったのかは想像するしかない。

ただ、アルナのことだからたくさんの混血種を助けてあげたのだろう。

「じゃあこれを二つ。代金は何で払えばいいですか？」

「ひ？　グラアナ銅貨は持ってない……ですよね。ゴールドは持ってますか？　へへ」

「グラアナ銅貨で払えますよ」

「よ、よく持ってますね……」

「まあ一応」

レインは店主が望む通貨で、慣れたように支払いを済ませた。

グラアナ銅貨とは、魔界のかなり限られた場所でしか使われていない通貨。

流通どころか、見たことすらない者までいるような通貨であるが……レインは問題なくそれを所持していた。

商人として、通貨は広く持っていることに越したことはない。

レインが色々な状況に対応できていたのも、この信条があってこそだ。

「はい、アルナ。これでいいか？」

「うん。ありがと――んがが」

「……そんなに好きなら俺のもあげるよ」

アルナは、レインがあげたマカロンのようなお菓子（？）を一口で食い尽くしてしまう。

大きく開いた口に、紙袋の中にあるお菓子が全部転げ落ちた。

リスのように頬を膨らませてもぐもぐと口を動かしている。

できればちょっとずつ味わってほしいのだが、アルナにはそれを言っても無駄であろう。

レインはまだまだ食い足りなさそうなアルナの手の上に、自分の分の紙袋をちょんと置いた。

すると、あっという間に二回目の暴食。一週間断食でもしていたのか。そう思えるくらいにガツガツしている。

この様子だと、屋台でアルナの食欲は満たせる気がしない。それこそ、店ごと買うくらいでなければ。

「おかわり」

「もうないぞ」

「え……？」

「いや、そんな顔されても……」

アルナは絶望したような表情でレインを見つめる。

まだ満足していないのは分かるが、このペースで暴食を繰り返していたらレインの財布が持たない。

まだまだ魔界祭は始まったばかりであるため、心を鬼にするべきだ。

——だが、アルナのこの顔を見たら少しは買ってあげたくもなる。

どうしよう……とレインが考えていると、ため息まじりにアルナは呟《つぶや》いた。

「お腹空《なかす》いたなー」


「——アルナ様！　うちの店のものは無料ですよ！」

「これ貰《もら》ってください！　自慢の魔菓子です！」

「そんなのより、うちのが一番美味《うま》いですよ！」

「なんだとこの野郎！」

「俺が一番最初に声をかけたんだ！」

　近くにあった屋台をはじめとした、半数の屋台の店員がアルナの元に集まってくる。

　アルナの隣にいたはずのレインだが、人の波に流されるままに、気付いたら十メートルほど動かされてしまう。本当に一瞬の出来事だ。ティアラとリリアは何かを察して先に避けていたようだが……。レインは見事に油断してしまっていた。もうアルナの姿は見えない。

　様々な種族の店主たち（意外なことに女性も多い）に囲まれて、中心がどうなっているのかすらも未知の領域である。

　バランスを崩して揉みくちゃにされているレインを、やれやれとティアラが肩を抱くようにして人波から助け出した。

「レイン、もっと早く逃げないと危ないぞ」

「そうですよ。押し潰されてもおかしくありませんでした」

「まさかあの一言だけでこんなに集まってくるなんて……とんでもないな」

　ティアラとリリアから軽く注意を受けるレイン。

　確かにこの状況を見ると、最悪の場合は圧死してしまう可能性まであった。

　一緒にいるだけで命の危機になるとは。

　アルナと一緒にいる時は絶対に油断できない。

「で、レイン。これはどうするのだ？　アルナは当分帰ってこれぬぞ」

「そうだよな……置いていくことはできないし」

「待った方が良さそうですね。早くこの騒動が落ち着けばいいのですけど」

三人はアルナを中心とした人込みを見る。

この数を全員捌《さば》くとしたら、恐らく最低でも三十分。いやそれ以上かかるかもしれない。そもそもアルナに捌く気があるのかも不明だし、何ならちょっと怪しい。

しかし、アルナを置いていくという選択肢は論外であり、三人はこの騒ぎの終わりを待つという選択をした。

早く終わればいいなぁ――なんて、そう思いながら見ていると。

「一旦戻ってー。戻らない人は怒るよー」

アルナの声が、人込みの中心から聞こえてきた。

すると、周りにいた店員たちは、爆弾でもあるかのように一瞬にしてアルナから離れていく。

こういう場合、普通ならアルナから離れないようなものなのだが、ここにいる者たちは何故《なぜ》か様子が違う。

言うことを聞かないと、どうなってしまうのか分かっているのだろう。

人間の国でも有名人に人が群がる光景を見たことがあるが、魔族の方がよっぽど賢い。

「みんな、お待たせ」

「凄いことになったな……」

「うん。優しいからいっぱいくれた」

混雑から解放されたアルナの元に駆け寄ると、周りには屋台で売られていたはずのものがこれでもかというほど置かれている。

捧げものというべきか。まるで祀《まつ》られているような光景だった。

ここまで気を遣われると、レインなら逆に申し訳なくなってしまうのだが、アルナは全然そんなことは気にしない。むしろ、当たり前だと言わんばかりだ。

たまに羨ましくなるほどの図太さを持つアルナを、ちょっとは見習わないといけないのかもしれない。

「ティアラとリリアにもあげる。好きなの持っていっていいよ」

「気が利くな」

「それじゃあお言葉に甘えて……」

アルナへの貢ぎ物たちが、ガサゴソと三人に配られていく。

これだけあれば、もう食べ歩かなくてもいいのではないか。近くで見ているだけでもお腹いっぱいになる量だ。

流石に持ち歩くのも大変なため、リリアの眷属《けんぞく》であるコウモリに持ってもらっている。

「もう食い物は必要なさそうじゃな。先に席を取りにいくか」

「席？」

「もう少ししたら、パレードが始まる時間ですから。魔界祭の目玉ですよ」

「アルナ特等席で見たい」

「そういうことか。それなら早く行っておきたいな」

これから始まるパレードをレインは全く知らなかったが、魔界界隈《かいわい》では有名なものらしい。目玉と言われるくらいなのだから、かなり大掛かりなものなのだろう。初めて見るだけあって、とても楽しみなイベントだ。

　魔界のスケールの大きさを鑑みると、余計に期待が高まる。

「この時間帯だと席はまだ空いてるのか？」

「確かに……微妙なところじゃな」

「運が悪かったら特等席は取られているかもしれませんね」

「アルナがお願いしたらきっと譲ってもらえるよ？」

　アルナがふふんと胸を張るが、レインはなるほどという反応を見せない。どちらかというと、賛同していない雰囲気だ。

　確かにアルナがお願いしたのなら、席という席が空席になり、アルナの周りの席から順に光の速度で埋まっていくことだろう。

　でも流石にそれは問題だ。

　レインもそんな空間でまともにパレードを楽しめる自信がない。

　かなり息苦しくなりそうである。

「あまりアルナは目立たないようにしてくれ。この帽子を被《かぶ》っててくれないか？」

「え、なんで？」

「またさっきみたいなことになったら大変だから。パレードが滅茶苦茶になるかもしれないし」

「んー……まあいいや。この帽子可愛いし」

　レインはそれに対応するため、魔法で自分の持ち物の中から一つの帽子を取り出した。

　エルフの国で買った、つばがひらひらで鼻から上が隠れるような帽子だ。

アルナには少し大きいかもしれないが、正体を隠すという意味ではむしろ好都合。

これで簡単に騒ぎになることはないだろう。

本人もこの帽子が気に入ったようで、見事オシャレに着こなしている。

可愛いですね——と、リリアに頭を撫《な》でられて満足そうだ。

最初は貸してあげるつもりだったが、もうアルナにプレゼントすることにしよう。

「ひとまず何とかなりそうだな」

「それじゃあ行くとするか。案内してやるからついてくるのだ」

「ティアラは詳しいのか？」

「昔は毎年顔を出していたからな。色々あって最近はやめてしまったが」

ここで一歩踏み出したのはティアラ。指でさしたのは城がある方向だ。

確かにあれほど高い建物なら、パレードの全体を見ることができるはず。

そこまで広い空間ではないため、すぐに埋まってしまうのも納得だ。

「でも、既に埋まっていたらどうしましょう？」

「ティアラがドラゴンになって、そこから見るのは？」

「こら。我は絶対に嫌だからな」

ティアラが食い気味にアルナの案を却下する。

ドラゴンの形態かつ、空中で同じ場所に留まるのはとてつもないスタミナが必要だ。例えるなら、数時間常に全力で走り続けるようなもの。

それをパレードが終わるまで続ける自信はない。そもそも、そんなことをしたらパレードの主役が自分みたいになりそうだ。

　見世物になるのは御免である。

「ただ、飛んでいくのはありかもしれぬ」

「え？　どこに？」

「城の屋上に」

　ティアラはレインを抱きかかえる。

　すると、大きくジャンプしてかなりの高さへ——最高点に到達すると、翼で上手《うま》くバランスを取りながら城の方へ向かった。

「うわあああぁぁぁぁあああ——!?」

　空中で響き渡るレインの悲鳴。決して慣れることのない移動方法だ。

　確かにこっちの方が圧倒的に早いのだが、寿命が確実に縮んでいるような気がする。いや、寿命が縮むなんて優しいものではなく、この瞬間にショック死してもおかしくない。レインは自分の心臓が強くあってくれたことに感謝する。

「あ……先を越された」

「私たちも行きましょう、アルナさん」

「うん」

　リリアも同じようにアルナの手を取り、空から城へと向かう。

　ティアラと違いがあるとすれば、リリアの方が静かでゆったりとした飛行である点だ。

　リリアの性格が表れているようで、とても丁寧で上品な動きである。

レインとしてはぜひともリリアと同行したかった。

が、それを今さら言っても仕方ない。恐怖で目を瞑《つむ》りつつ、レインはズシンと屋上に着地する衝撃に耐えていた。

「む、人間はこの程度のジャンプでも心の準備が必要なのか？」

「ティアラ、急に飛ぶな！　事前にしっかりと言ってもらいたいんだが！」

「絶対に必要だから今後は本当に頼むぞ……」

レインは地面に足がつく幸せを噛《か》み締めつつ、ティアラにしっかりと注意をする。

あの重力を感じる瞬間がトラウマになりそうだ。今でも冷や汗が止まらない。

今度からはリリアに運んでもらえるよう、積極的にアピールしようと心に決めるレインだった。

「んー？　誰もいないではないか。どういうことだ？」

「軽く流されたし……もう諦めてるけど」

「お待たせしまし――あれ？　何だか思ってたのと違いますね」

「アルナたちしかいないの？」

無事に屋上へ到着する四人。

本来なら見物客でぎゅうぎゅうになるであろう場所は、どういうわけか人の姿がなく静寂に包まれている。

ティアラたちが知らない間に、この場所は立ち入り禁止にでもなってしまったのだろうか。もしそうだとしても、ルールを守らない輩《やから》が大量にいそうなものだが。

とにかく、この城の屋上はかなり奇妙な空間になっている。

「ん？　でも、そこに誰かいたみたいだよ？」

「うむ。明らかに誰かいたな」

「席を外しているのでしょうか。パレードはもう始まりますし、すぐに帰ってくると思いますが」

　アルナが見つけたのは、屋上の真ん中にドンと置かれている座布団。パレードを見るにあたって一番楽しめる位置だ。

　どうやら先客が一人いたらしい。その座布団の周りには、大量の酒が並べられていた。それも、魔界にある中ではかなり癖が強いものばかり。

　度数がとてつもなく強く、これを飲める種族はかなり限られている。

　もしかしたら、ここに誰もいないのはこいつが追い払っているからなのかも。何となくそんな気がしてきた。

「ほお、竜神酒か。なかなか話が合いそうな奴《やつ》だな」

「ティアラも好きなのか？」

「そうだな。我のお気に入りなのだ。竜神酒を好きな奴に悪い奴はおらぬ」

　ティアラは感心するように置かれている酒瓶を手に取る。

　よく見たら、その酒瓶の中には蛇が丸々一匹入っていた。

　見た目は少し恐怖を覚えるものだが、ティアラいわく美味ということ。

　レインにはとても味が想像できないし、いつか飲んでみようという勇気も湧いてこなかった。

「おお、凄いぞ！　竜殺酒《りゅうさつしゅ》まであるのだ！　まさかこの二つを組み合わせるとは、なかなかセンスがあるではないか！」

「……そんなに凄いのか？」

「普通はこの二つを一緒には飲まぬからな。良い趣味をしておる。いつかこの者と酒を酌み交わしてみたいものだ――」

「ああぁぁ!?　ちょっとアンタたち！　アタシの荷物に何してんのよ！」

ワイワイとするティアラの背中側から、キーーと威嚇するような声が聞こえてくる。

恐らく元々ここにいた人物。

荷物を勝手に触ったことで、かなり頭に来ているらしい。

四人は一斉にその声の主の方を向いた。

「まさか酒を盗もうってわけじゃないでしょうね！　ぶっ殺すわよ！」

「ち、違うんだ！　俺たちは盗む気なんかなくて――」

「問答無用！　アンタも灰にしてやるわ！」

目の前のピンク髪の女が、右手に炎をまとわせる。髪をツインテールにまとめていて、気の強さが露出の強い服から滲《にじ》み出ていた。へそや足を強調していて、何だかいつものティアラみたいな服だ。

かなり好戦的な性格――その性格を表すように、大きな尻尾《しっぽ》をブンブンと威嚇するように振り回している。

もし攻撃してこなかったとしても、まともに話し合いができるとは思えない。

酒の近くにいただけで、こうも激昂《げっこう》するものなのか。

こんな奴が城の屋上にいたのなら、他の者たちが近づこうとしないのも納得である。

今になって屋上がすっからかんだった理由が分かった。

「――って、あれ？　もしかしてレイン？」

しかし。

ピンク髪の女の手は、電池が切れたかのようにプツンと止まる。

そして――レインの名前を呼んだ。

「え？　……ライカ？　ライカがなんでここに!?」

「それはこっちのセリフよ！　どうしてアンタがこんなところにいるの!?」

彼女がレインのことを知っていただけあって、レインも彼女のことを知っていた。

最近は関わることが少なかったが、ライカとは数年前まで頻繁に取引をしていた間柄だ。

以前から彼女は何も変わっていない。彼女の立場が竜王だからだろうか。

寿命が果てしなく長いため、たった数年で見た目が変化することはないらしい。

「それにティアラ！　アタシの酒に触らないでちょうだい！　アンタが触ると不味《まず》くなるでしょうが！」

「たわけ。こんなことで文句を言うとは、竜王の器も大したことはないな」

「ぬぅあんですって!?」

次に、ライカの視線はティアラに向いた。

どちらかと言うと、レインよりもこっちの方が無視できない問題だ。ティアラとライカは、犬猿の仲と言っても過言ではないほどの不仲。

竜姫と竜王。どちらが竜として上なのか——それを何百年もずっと争っている。

もしここにレインがいなかったら、戦いが起こっていてもおかしくない。

それほどまでに二人の間には大きな問題がある。

「ティアラさん、この御方とお知り合いなのですか？」

「うむ。一時期共に修行をしたことがある仲だ。あの頃は我も若かった」

「幼《おさな》馴《な》染《じ》みというやつでしょうか？　素敵ですね！　そういう間柄って羨ましいです！」

「そんな可愛い関係じゃない。今すぐ殺したいくらいだぞ」

「ちょっ！　アタシだってそのつもりよ！　馬鹿《ばか》ティアラ！」

何とか場を和ませようとするリリアのセリフに、ほぼ同時のタイミングでティアラとライカが食いついた。

息が合っているというか何というか。

お互いに一歩も引こうとしないところがとてもよく似ている。

竜王と竜姫のプライドがあるのだろう。

「あ、竜王と竜姫って何か違いがあるんですか？　昔からずっと気になっていて……」

「アタシはパパが竜王だからその称号を引き継いだって感じね。別に称号なんてどうでもいいんだけど、まぁ崇《あが》められる分には悪い気はしないわ」

「我は気付いたら勝手にそう呼ばれていたな。ただの竜人として留めておくには強すぎたから仕方あるまい」

意外なところで竜王と竜姫の違いについて知ることになったレインたち。

ライカは元々の血筋として順当に竜王の名を引き継いだようだ。

それに対してティアラは、王の血筋があったわけでもなく、ただ単純に強さを持っていたことで竜姫と称されることになったらしい。

間違いなく言えるのは、とにかくどちらも凄いということである。

「それ自分で言うのダサいわよ」

「うるさいのだ。事実を言って何が悪い」

「またまた……喧嘩はやめないか？　な？」

流石だなぁとレインが感心していたら、毎度のことながらティアラとライカが喧嘩を始めそうになる。

もう少し王としての余裕というか、温厚さを身につけてもらいたい。どんなタイミングでも必ずどちらかが喧嘩を仕掛けるため、もはやそうしないといけない理由でもあるのではないかと疑ってしまう。

慣れたように喧嘩を仲裁したレインは、サッと話を関係ないところに上手く持っていった。

「と、とにかくさ。ライカもパレードを見にきたんだろ？　それなら一緒に見ないか？」

「アタシは……レインが言うなら」

「よし。ティアラもいいだろ？」

「フン。本当は嫌だがな」

ライカは少し悩んで、仕方ないとでも言うように頷く。

頼むから喧嘩はしないでくれというレインの思いが伝わったのか。

分からないことだらけであるが、ようやく冷静になることができた。

それに対してティアラは、まだまだ納得できていない様子だが、握っていた拳を開いてひとまずは一旦休戦といったところ。

意外とこういう時には素直な二人である。

それも、この場にレインがいるから。

レインを自分たちの争いに巻き込んで怪我《けが》させるわけにはいかない。

人間は脆弱《ぜいじゃく》な生き物だ。軽く体が当たるだけで、死に至ってしまうことだってある。

レインの近くで喧嘩できるわけがなかった。


「…………」

「…………」


「ライカさん……でよろしかったですか？」

「ん？　そうだけど、どしたの？」

「私はリリアと申します。ティアラさんのお友達です」

「リリア？　もしかして吸血姫の？」

気まずくなった空気。

この空気間で浮いているライカに声をかけたのは、気遣いができるリリアだった。

座布団の上で胡坐《あぐら》をかいているライカの隣に、ちょこんと正座で近づいていく。

（うわっ、めっちゃいい匂い……アタシとは大違いじゃん）

リリアが隣に来たことで、フワッとフローラルな香りがライカの鼻に届く。

初めて吸血姫をこの距離で見たが、本当に名家のお嬢様という感じだ。服も一切汚れがついていないし、化粧というやつもしっかりとしている。

普段から血とか汗の臭いを気にしない自分とは、女としての意識の違いというのを見せつけられた気がした。

「もしかして私のことを知ってくださっているんですか！」

「もちろん。アンタめちゃくちゃ有名人よ」

「なんだか恥ずかしいです……関わろうとしてくれる人が少ないので、自分では気付きませんでした」

リリアは少し頬を赤くして俯《うつむ》いた。

純粋に自分に知名度があることを恥ずかしがっているようだ。

普段の生活で褒められることがないため、このようなことを言われると照れくさい気持ちになる。

感謝するのも変だし、別に嫌なわけでもない。名前をつけたくなるくらいに複雑な心境だった。

「じゃあアルナは？　アルナのことも知ってる？」

「アルナ？　アルナっていう名前なら知ってるけど、多分アンタのことは知らないわね。最近の親は、魔王アルナに憧れて子どもにもそう名づけるのかしら」

「魔王アルナは私だよ。知っててくれて嬉《うれ》しい」

「え？」

ライカの表情は、その言葉を聞いた瞬間にピキッと引きつる。

確かに目の前の女の子は魔王アルナと名乗った。

普通なら全く笑えないジョークとして流すのだが、今回はちょっとわけが違う。

今回は、周りにティアラとリリアとレインがいるのだ。

この三人がいることで、この言葉にも信憑性《しんぴょうせい》がグングン増してくる。

だが、それにしても魔王アルナとは信じられない。

ライカが知っている情報だと、魔王アルナはなかなか外の世界に姿を見せない存在。

魔界祭にもほとんど顔を出していなかったという話だ。

……そもそも、レインが魔界祭に来ていること自体がイレギュラーであるため、魔王アルナがいてもおかしくはないのだが。

ライカはレインの方を見た。

「レイン、この子の言ってることは本当なの？」

「うん。魔王アルナで合ってるよ」

「アンタ……なんて奴連れてきてるのよ。当たり前のように魔界祭にも来てるし」

「ちょっと色々あってな」

ライカは恐ろしいものを見るかのような目でレインを見つめる。

だが、それも当然。

自分の知人が、魔王、竜姫、吸血姫を連れまわしていたら、驚くのを通り越して呆《あき》れてしまうのも無理はない。

　しかも、レインが魔界祭に来ている理由も聞かされておらず、不思議なことばかりだ。

「ここにビッグな取引相手でも来るの？」

「そういうわけじゃないよ。今日は普通に楽しみたいと思ってるかな」

「アンタも丸くなったわね。昔は一日中仕事で駆けずり回ってたのに」

　ライカは失望とまではいかないものの、残念そうな表情を見せた。

　ライカが知っているレインは、毎日仕事のためにこの世界を走り回っていた。寝ていなかった日も多かったはずだ。

　どうやったのかは知らないが、一夜にして数百キロ先の場所で取引をしたという逸話まである。

　それで自分やティアラなどとも信頼関係を築いたのだから、他の人間とはわけが違う。

　ライカが好きだったのはその頃のレインであるため、少し変わってしまった今のレインに気持ちが高まらない。

「昔は仕事一筋だったからなあ。今は人間たちから狙われてるし、とりあえずは目立たないようにひっそり続けていく予定だよ」

「は？　ちょっと待って。人間に狙われてるってどういうこと？　何をやらかしたらそうなるわけ？　誰か殺した？」

　ライカは聞き逃せない一言に一瞬で食いついた。

　仕事を縮小するというのも無視はできないが、それ以上に人間に狙われているというのが気になる。

確かにレインの仕事は魔界がメインだったが、それでも人間界に多大な利益をもたらしていたはず。

普通なら手に入らないような希少アイテムなど、多く持ち帰って貢献していたのだ。

人間界からしたら、むしろ保護しなくてはいけない男だと思うが……。

どういうわけか、現実だとレインは狙われる側になっているらしい。

「人間以外の種族と取引することを、国王があまりよく思わなかったみたいだ。最終的には売国行為をなすりつけられて追放されたよ」

「もったいないわね。アタシが国王なら何が何でも引き留めるけど」

「そう言ってくれて嬉しいよ」

ライカはため息をつきながらレインの肩を叩《たた》いた。

ティアラたちとほとんど同じ反応である。

自分を認めてくれるのは魔界だけだ。

人間界だと、どれだけ働いて希少アイテムを持ち込んでも、特に褒められることはない。

報酬も割に合わないことが多々あった。

それでも愛国心だけで商人として働いてきたが……最終的にはこの仕打ちである。

「でも、これで何も気にせず魔界で動けるよ。人間界の法律だってもう関係ないし。魔界のお客さんの役に立てるんなら結果オーライだ。誰かの役に立ちたいっていう気持ちに場所は関係ないしな」

「良いこと言うじゃない。じゃあ、アタシのところにはいつ来てくれるのかしら」

「ふふん。残念ながらそれは後回しなのだ。レインは我の依頼を優先だからな」

「はぁ？　ティアラは黙ってなさい。それはレインが決めることでしょ」

話に水を差すティアラを、ライカは尻尾で地面を叩いて威嚇した。

この二人が同じ空間にいる時はいつもこうだ。

毎回ティアラが喧嘩をふっかけ、しっかりライカがそれに反応する。

仲がいいのか悪いのか。仮に「仲がいいな」と言った場合、二人からげんこつが飛んできそうで怖い。

「じゃあレイン。レインはどっちの依頼を優先するのだ？」

「そりゃもちろんアタシでしょ？　なんてったって、アタシはレインに付き合ったことがあるし」


「つ、つつつつつつ付き合った!?」

「レインさんどういうことですか!?」

「レイン、説明してくれないと無事じゃすまないよ」


ライカの一言を皮切りに。

ティアラ、リリア、アルナがレインの懐に詰め寄った。

ティアラがレインの胸ぐらを掴《つか》み。

リリアが顔をギリギリまで近づけ。

アルナが袖を握って逃げられないようにする。

何かあれば殺されそうな勢いだ。

「三人とも落ち着いてくれ！　ただ仕事に付き合ってもらったことがあるってだけだから！」

「え？　仕事？」

「なあに勘違いしてるのよ。アタシは、レインに付き合ったことがあるって言ったじゃない」

「……ったく。紛らわしいことを言うでない、馬鹿ライカ」

「はぁ!?　早とちりしたのはそっちじゃない！」

ティアラはレインの胸ぐらから手を離すと、ホッとしたように一息ついた。

その一動作の中ですらライカへの罵倒を忘れないのだから凄い。毎度のごとく、今回もライカはきっちりと尻尾をバタンと反応させている。

「はぁ……良かった」

「ギリギリセーフだったね、レイン」

一方、リリアは一命でも取り留めたかのように心臓の辺りを押さえた。

アルナは何事もなかったかのようにスンとした表情に戻る。

この二人も、今回はやけに強烈に反応していた。

アルナに関しては、殺意をライカへと向けていたような気がする。もし誤解が解けていなかったら、大変なことになっていたかもしれない。

リリアに関しては、誤解が解けて安心したと同時にモヤっとした気持ちも生まれていた。

（あれ……？　何だかモヤモヤします。誤解だと分かったはずなのに……ライカさんと違って、私はレインさんの仕事を手伝えたことがないから？　でもでも……）

リリアは、自分でもどうしてモヤモヤした気持ちになっているのか分からない。

ライカという、自分がしたことのない経験をしたことがある存在を知ってしまったからなのか。

レインが自分以外の女性と良い関係を築いている瞬間を目の前で見てしまったからなのか。

――ダメだダメだ。

これ以上考えていたら良くないことを考えてしまいそうなため、リリアは思考を止めた。

リリアはいつもの自分に戻る。

「アハハ……パレードの前なのに疲れちゃいました」

「そういえば、パレードはいつ始まるんだ？」

「時間的にはそろそろ始まってもおかしくない時間帯ですけど――」

みんなが落ち着いた中。

リリアが見晴らしのいい屋上から遠くを眺めていると、ようやく一つ目の花火が上がった。

これがパレードの始まりを示す合図だ。人間界ではあまり見ることができない昼の花火である。

水色の空をバックに、オレンジ、ピンク、イエローなどの花火が開く。水の中に絵の具を落としたみたいで、一般的な夜の花火とは違った高揚感があった。

この花火をきっかけに、下にいる魔物たちが待ちわびていたかのように騒ぎ出した。

やはり現地だと迫力が凄い。ブルリと震えてしまいそうな歓声だ。

「あ！　もう始まったみたいですよ！」

「おお……規模が凄いな」

みんなが楽しみにしているパレードの正体。

それは、まるで超巨大な馬車だ。しかも、それが見渡す限り何台も。

とてつもなく大きな荷台を、様々な魔獣が引っ張って動かしている。

そしてその荷台の上では、様々な種族の踊り子がピッタリと同じ動きで美しい踊りを踊っていた。

進むスピードもそこそこ速い――レインたちの目の前に来るのは、もうすぐの出来事になるだろう。

「いつ見てもサキュバスの踊りは綺麗《きれい》ねー」

「獣人の踊りもなびやかで良いぞ」

「私は意外と小人族が可愛くて好きです」

「アルナはあの混血種がいい」

四人はそれぞれ自分の好きな踊り子を探す。

偶然にも四人が気に入ったのはそれぞれ別の踊り子。

ここまで意見が割れるのは珍しい。

誰か一人くらいは被りそうなものなのだが、それほど四人の価値観は一致していないのだろうか。

ちなみに、レインは遠すぎて踊り子の判別がよくできない。ティアラたちの視力に合わせられるように、双眼鏡でも持ってきておけば良かった。

ただし、全員のレベルが限りなく高いというのは間違いなく言える。

「踊り子だけでも色んなタイプがあるんだな」

「今年はエルフが多めですね。私が知っている時は、獣人がよく選ばれていた気がします」

「え？　年によって変わってくるのか？」

「そうですよ。魔界祭のパレードに出演するために、みんな練習を頑張っているんです。並大抵の努力じゃとても選ばれません」

　ここにきて魔界祭のブランドを初めて知るレイン。

　まさかパレードに出演するためにそんな努力があったとは。

　そういうところは人間界とあまり変わらないようだ。

　一体誰が彼女たちを選んでいるのか——少し気になるところであったが、きっとティアラたちのように立ち場の強い種族が関わっているのであろう。

　確かに数万単位の視線が向けられるのだから、審査が厳しくなるのも当然。

　そう考えたら、踊り子たちがさらに美しく思えた。

「レインさんの知り合いには、そういう方がいらっしゃらなかったんですか？」

「多分いなかったな。もしかして隠してたのかもしれない。話題にも出てきたこともないし」

　へーとリリアは意外そうな表情を見せる。

「衣装とかアクセサリーとか、踊り子ならレインさんに依頼しそうですけどね。レインさんの言う通り、隠してたのかもです。ほら、参加するという情報が漏洩《ろうえい》したらダメだとか」

　確かにレインの客は多岐にわたるが、実際は魔界（レインが足を運べる範囲）の中でも四割はいかないくらいだ。レインにも知らないことはたくさんある。

現に、魔界祭の存在自体もついこの間まで知らなかったのだから。

「――そうだ。アタシの友達が踊り子として出てるんだけど、レインのことを紹介してあげてもいい？　きっと喜ぶと思うから」

「え？　俺を？」

「うん、その子はもっと生地にこだわりたいみたいなの。レインなら良い生地を分けてあげられるでしょ？」

「そういうことなら力になるよ。ライカの友達なら信頼できるし」

レインは自分が保有している生地の在庫を思い出す。

自分の記憶が正しければ、そこそこのものが揃っていたはず。

ライカの期待に応えることもできるだろう。

レインとしても、自分の商品が一流の踊り子の手に渡るのなら本望だ。

「頼りになるわね。レイン」

「頼りにしてくれて嬉しいよ」

「今度はアタシの依頼もしとこうかしら」

「ライカの依頼ならいつでも大丈夫だぞ」

「……どんなものでも？」

ライカは少し悩むと。

恐る恐る――というか、慎重に一つのことを聞き返す。

どんなものでも、と聞いているが……一体何を頼みたいというのか。

ここまで慎重になるということは、相当なことなのだと予想できるが、少しだけ聞くのが怖い。

しかし聞かないと話が進まないため、レインも慎重に聞き返す。

「どんなのを頼むつもりなんだ……？」

「えっとね。きっと断られると思うんだけど」

「うん」

「一日だけアレを貸してほしいの」

「――ダメだ。ごめんな」

「……たはは。そりゃそうよね」

レインの即答に、ライカは乾いた笑いを見せた。

ちょっとだけ期待してしまった自分が恥ずかしい。

絶対に無理だとは分かっていたのだが、ついつい流れで聞いてしまった。これでレインに失望されなければいいのだが……どうやらそっちは大丈夫そうだ。

レインが怒っている気配もない。その事実に、ライカはホッと胸を撫でおろす。

「じゃあさ、興味本位で聞くんだけど、アレを売ってくれるとしたらいくらになるの？」

「売る気はサラサラないよ。非売品だ」

「そう……ならいいわ。こういう時のレインは頑固だから」

ライカはふぅと頬杖をつく。

一年以上前からずっと言っているが、レインの反応はいつもこうだ。

他人にはアレを絶対渡す気がない。

強引に借りようとしても、アレが保存されているのはレインの空間魔法の中。

レイン以外には干渉できない場所である。

そして。

レインが死んでしまったら、その空間ごと消滅してしまうため、彼に危害を加えることもできない。死角のない守りだ。

もちろん、最初からライカはそこまでするつもりもなく、彼女が心配することでもないのだが。

「レイン、もうすぐこっちに馬車が来るぞ。そこじゃ見にくいだろう？」

「ライカさんもこっちです！　早くしないと通り過ぎちゃいますよ！」

「ああ、もう来たのか。そっちに行くよ」

「アタシも行くー」

そこで。

パレードを見るために少々場所を移動していたティアラが声をかける。

まだ始まったばかりであるが、もう自分たちのところにまで来たらしい。レインは慌てて立ち上がった。

上から見下ろす形であるが、それでもかなり壮観な光景だ。混雑しているとはいえ、下から見ていたらもっと凄かったかもしれない。

「うおお。凄い迫力だな」

「引っ張っている魔獣がかなり強いからね。まあ、アルナの使役する魔獣ほどじゃないけど」

「誰があんな魔獣を操ってるんだ？　只者じゃないのは確かだけど」

「さあ？　アルナわかんない」

　アルナは頭の上に「？」を浮かべる。

　流石のアルナでも、魔界のことを全て知ってるわけではないらしい。

　興味が完全にないわけではないだけまだマシか。

　アルナは興味のないことに対してはとことん無関心であるため、今回のように気にかけているだけでも一安心だ。

「このパレードって、最終的にはどこに向かうんだ？」

「えーっと……確か闘技場に辿《たど》り着《つ》くはずだったと思います」

「闘技場？　そんなところがあるのか？」

「はい。結構大きなところで、参加者も観戦者も多かったはずですよ。確か今日も闘技大会が開催されていたはずです」

　闘技場。

　またもや初めて聞く場所だ。人間界にもあるにはあったのだが、レインは一度しか行ったことがない。

　人間同士の戦いでも、かなり壮絶で大迫力だった記憶がある。それが魔界で異種族の戦いになるのだから、迫力は数十倍にもなるはず。とても面白そうだ。

「それに、優勝した時の景品も毎回豪華だったんですよね」

「我が昔優勝した時は、天使の羽根を織り込んだ羽織を貰ったぞ。すぐにレインに売ってしまったが」

「え!?　あれって闘技大会の景品だったのか!?」

意外な真実に、レインはついつい大きな声を出した。

そういえば、ティアラからとてつもなく上質な羽織を買ったことがある。

恐らく、ティアラから買い取ったもので一番高価なものだ。

あの時は、どうしてティアラがこんなものを持っているんだろうと不思議に思っていたが、こういう事情があったらしい。

そう考えると、せっかく優勝したのにすぐに賞品を手放してしまうティアラに驚く。

そして、優勝賞品を大奮発する闘技大会にも驚いた。

人間界なら、優勝してもせいぜい一年分の食事券くらいだろう。

「やっぱり魔界は凄いな……ちなみに、今回の優勝賞品は何なんだ？」

「今回は正賞が猫一匹、副賞でオリハルコン一キロを筆頭に希少なアイテムがあるみたいね」

「ね、猫？　どうして猫なんか——人間界には山ほどいるぞ！」

正賞と副賞の落差に、レインは突っ込まずにいられない。

レインからしてみれば、猫一匹とオリハルコンの価値なんて比べ物にならなかった。

分かりやすく値段で比べるなら、猫が千匹いてやっとオリハルコンの欠片《かけら》に並ぶくらいだ。

どうしてこんなアンバランスな組み合わせになっているのか。

レインはライカに聞いてみる。

「知らないの？　人間界にはたくさんいるかもしれないけど、魔界にとって猫は超希少な動物なのよ？　無理やり連れてきても、魔界の空気に耐えられなくて死んじゃうから、適応できている猫ってだけでとんでもない価値なの」

「そ、そうなのか」

「アタシも喉から手が出るくらい欲しいわ……あんなに可愛いペットなんて他にいないでしょ？　魔物はペットにしようにも不細工なやつばっかりだしさ」

ライカは猫について饒舌《じょうぜつ》に語る。まぁ言っていることは分からなくもない。レインも子どもの頃はペットに憧れたものだ。

でも、まさか魔界では猫がこんなに希少な動物になっているとは思わなかった。

人間界でも宗教によって特定の動物を神のように扱う場合があるが、それと似たようなものを感じる。

それでも闘技大会の優勝賞品とは信じられないが。

「オリハルコンが副賞扱いっていうのも凄いな……」

「そんなに凄い価値があるの？　私はネコちゃんの方が凄いと思うけど」

「価値があるなんてレベルじゃないぞ……」

オリハルコン一キロ。

ライカはこの価値をよく分かっていないようだが、どう説明したものか。

あまりにも凄すぎて、上手く伝える例えが浮かんでこない。

人間界なら百グラムもあれば働かなくても生きていけるが、ライカにとっては分かりにくい説明であろう。

魔界で例えるなら……小さい国と同価値とか？

猫千匹でオリハルコンの欠片以下だよと伝えると、驚きでどこかに飛んでいってしまいそうだ。

「よく分からんが、オリハルコンが欲しいのか？」

「そりゃ、欲しいけど……」

「それなら取ってきてやるぞ。どうせ余裕だろうからな」

「え？　そんな唐突に参加できるようなものなのか？」

「細かい手続きとかは必要ないですからね。自分の名前を書くだけです。もちろん時間の制限はありますが」

ティアラは指をポキポキと鳴らす。

どうやら参加自体はできるようだが……こんなに何も考えずに決めてもいいのか。

怪我でもしたら大変だし——と、レインは考えそうになるもそれをやめる。

ティアラに限ってそれは有りえない。

周りを囲まれて多対一なら話は違ってくるが、一対一の勝負ならもう勝ちが決まっているようなものだ。

ティアラが負けるビジョンがどうしても見えてこなかった。ここでティアラを心配するという行為は、むしろ彼女を侮辱するに等しい行為であることに気付く。

「じゃあ……頼んでもいいか？」

「うむ。引き受けたのだ」

その代わり——と、ティアラ。

「オリハルコンの一《ひと》欠片だけ貰うぞ」

「え？　何に使うんだ？」

「……指輪とか」

ティアラはレインにしか聞こえない声で呟く。

もちろんレインがそれを断ることはない。というか、断れるわけがない。逆にレインが一欠片譲ってもらうだけで満足なレベルだ。

「もちろん大丈夫。勝てるように祈っとくよ」

「心配するな。我が負けることなどない。現に一度優勝しておるしな」

「……一つ気になったんだけど、優勝したことがあっても参加ってできるのか？」

「三回目までは大丈夫なはずだ。三回優勝すると殿堂入りになってしまうが」

ティアラは親指、人差し指、中指で三という数字を表す。

少し癖の強い数え方だが、ひとまずは参加できることに安心だ。

ティアラが闘技大会に参加できるのはあと二回。

そんな貴重な機会を自分のために使ってくれるのだから、感謝しきれない借りである。

「ちなみに参加の受付時間って……」

「もうそろそろじゃない？　急がないとマズいかもよ」

「はぁ……それじゃあ行ってくるのだ。レインたちは後から来てくれ」

「俺たちもついていかなくて大丈夫なのか？」

「予選があるかもしれぬしな。パレードもまだ終わっておらぬことだし」

ティアラは首をゴキゴキと鳴らす。

彼女なりの気合いの入れ方。いつか本当に折れてしまいそうで少し怖い。

予選があるかもしれないとのことだが、過去の優勝者も予選に参加しなくてはいけないのだろうか。もしそうなら、予選でティアラと当たることになる者がかわいそうである。予選が終わる頃には、もうティアラの優勝が決まっていてもおかしくない。

「じゃあ数時間後。決勝で待っておるぞ」

「それって対戦相手に言うことなんじゃ——あ」

ティアラはそんなことなど無視して屋上から飛び降りる。

レインが気になったところを指摘していると。

相変わらずダイナミックな行動をとる竜姫だ。

きっと闘技場でもこの豪快さを見せてくれるであろう。今からでも期待感が高まる。

ティアラの姿が消えて十数秒。ライカは迷ったような素振りを見せながらも、一つ大きな決心をする。

「…………ねえ、レイン。アタシもティアラのところに行ってくる」

それはティアラを追って闘技場に行くというもの。

普段のライカとティアラの間柄を考えると、ティアラがいなくなって清々したと思いそうなものだが——。

現実はその逆らしい。かなりティアラのことが気になっているようだ。

「意外だな。ライカはティアラがいない方がいいのかと」

「——ちがっ！　別にティアラがいない方が気楽だけど、ライバルとしてアイツの実力を見ておきたいというか」

「ライカらしいな。心配なんだろ？」

「フン。分かったようなことを言うんじゃないわよ」

　照れているのを隠すように、ライカは顔をプイっと背ける。

　ティアラが関係してくると、感情の分かりやすさがいつもの三倍増しだ。

　そして、いつも以上に素直じゃなくなる。見ていてとても面白い。

「とにかくアタシも行ってくるから」

「うん、分かったよ」

「アンタも遅れないようにするのよ」

　ライカはそう言うと、先ほどのティアラと同じように屋上から飛び降りる。

　竜人族は高いところから飛び降りなければいけない決まりでもあるのか。それともそういう習性なのか。何かと共通点の多い二人だ。

「ライカさんも行っちゃいましたね」

「アルナはもう少しここにいる。レインは？」

「俺ももうちょっとここにいるよ。無駄に出歩いて人間ってバレたくないし。リリアはどうする？」

「レインさんにご一緒します！」

　アルナは、元々ライカが座っていたところにモゾモゾと移動する。

　そして、その隣にレインを座らせて、コテンと体重を預けた。

当分ここから動く気はないらしい。こっちはこっちでアルナらしい選択だ。

「あ！　踊り子さんが手を振ってくれましたよ！」

「踊り子に手を振られた人は今日良いことがあるんだって」

「へえー、そういうのもあるのか」

こうしてレインたちは、パレードが終わるまではしゃぎながら過ごすのであった。

◇◆◇◆◇◆

「本戦の受付はこちらでーす！　どんどん参加しちゃってくださーい！　もうすぐ締め切りですよー！」

闘技大会入り口。参加者同士で駄弁《だべ》っている者、軽く準備運動をしている者、何故か飯を食っている者など様々な存在が集まっている。

受付の担当をしているサキュバスは、手慣れたようにホイホイと仕事を進めていた。鼠色《ねずみいろ》の髪と健康的な褐色の肌は見る者に好意的な印象を与え、受付という仕事には打ってつけの存在である。特に男は、彼女の姿に数秒見惚《みと》れる時間が確実に存在していた。

サキュバスといっても全てが大人の仕事というわけではない。容姿や雰囲気が大事な仕事であれば、それなりに需要がある。

その中でもこの仕事はとっても報酬が美味しい。

一日受付の仕事をするだけで、金貨を袋いっぱいに貰える。

しかも、報酬の割に激務というわけでもない。闘技大会の参加者はせいぜい百人程度。

適当に笑顔を振りまいておくだけで仕事完了だ。

「おい、一人追加するのだ」

「はいはーい。一人追加っと――あれ？　貴女《あなた》どこかで見たような……」

そんな受付の前に、一人の女が優雅に現れた。

美しさを引き立てながらも、自由に動きやすそうなドレス。

燃え盛る炎のような真っ赤な髪、そしてサキュバスにも劣らない巨大な胸。

他の参加者とは全くオーラが違う。

只者ではない――というのは、戦闘に関してド素人のサキュバスでも容易《たやす》く理解できた。

「番号は何番だ？」

「あっ、はい。八十八番です」

「分かったのだ。感謝するぞ」

しかし、女は番号だけ確認すると、すぐに闘技場の中に入っていってしまう。あまりにもその行動は早く、会話する暇すら与えてもらえなかった。

記憶力に自信がある方ではないが、少しだけでも話したら彼女のことを思い出せるような気がする。

絶対どこかで見たような顔だ。

サキュバスは名簿に新しく記入された名前を見た。

「うわっ、字汚い……なんて書いてあるんだろう。てぃ……あら？」

そこに書かれていたのは、ミミズが火で炙《あぶ》られて暴れているかのような文字。

読むというか、認識するだけでも一苦労だ。恐らくここにはティアラと書かれている。

ティアラという名前は、一応サキュバスの頭の中にも存在していた。

だが、それがどんな人だったかまでは思い出せない。

凄い人だったような気もするし、親戚の名前だったような気もする。

どこで見た名前だったっけ……と悩んでいると。

今度はピンク色の髪の女が小走りでこちらの方まで来た。

「はぁ……はぁ……ねえ、アンタ。ここに赤い髪で馬鹿みたいな顔をしたヤツこなかった？　無駄にでかい乳の」

「ティアラっていう名前ですか？」

「そうそう！　ソイツがどこ行ったか教えてほしいの」

「それなら中に入っていきましたよ。多分控え室にいると思います」

「よし、ありがとね！」

息を切らしながらピンクの髪の女はティアラを追って中に入っていく。

そういえば彼女もティアラに雰囲気が似てるような気がする。大きな尻尾もあるし、胸もそこそこ大きかったし。種族も同じであろう。

きっと仲がいいんだろうなぁ、と。

サキュバスは少しだけ微笑《ほほえ》ましい気持ちになった。

◇◆◇◆◇◆

「ふぅ……ウォーミングアップしておきたかったが、何も使えそうなものがないな。下手《へた》すると壁とか壊れそうだし」

一方で、控え室に移動したティアラは、暇そうに辺りを軽く眺めていた。

少し体を動かしておきたいが、ここら辺にあるものを使うと絶対に壊してしまいそうな気がする。

壁に手をついて体を伸ばす程度の動きでも、この壁の強度だとボコンと抜けてしまいそうだ。

練習相手でもいればいいのだが、ここにはリリアもアルナもいない。

このまま適当に暇を潰すことになりそうだ。

「ティアラ！　探したわよ！」

「うおっ、ライカ？　どうしてお前がここにいるのだ？　まさか追いかけてきたのか？」

「そ、そんなわけないじゃない！　特等席でアンタが負けるところを見にきたの！」

ぜーぜーと息を切らし、ライカがティアラの元に駆け寄る。

毎度のことながら、ティアラの言葉に反論するスピードは見事なものだ。ここまでくると、ティアラが普通のことを言ったとしても反射的に否定から入ってくる気がする。

徹底的にティアラと反対側の立場に立とうとする姿勢は、こんなところでも健在らしい。

「残念ながらそれを見ることは永遠にできぬだろうな」

「あらそう。ならアタシも参加すれば良かったかも。目の前でティアラが負ける姿を見れたから」

「お前が望むならここで始めてもいいぞ」

「何ですって――って、ダメダメ！　それじゃあ失格になっちゃうじゃない。そんな負け方は許さないわよ！」

ティアラの挑発に乗りかけたライカ。

一歩踏み出しそうになったところで、何とか理性を取り戻して踏みとどまった。

こんなところで戦い始めたら、間違いなく本戦の出場権を剥奪される。

オリハルコンとネコちゃんは遥《はる》か彼方《かなた》だ。

「アンタに勝ってほしくはないけど、レインのためにアンタは勝たないといけないんだから」

「分かっておる。遅刻しないようにだけ気を付けるのだ」

ティアラは自信満々に答えた。

一瞬どういう意味か分からなかったが、数秒してライカは理解する。

つまりティアラが言いたいのは――遅刻さえしなければ自分が敗退することはない。

あまりにも傲慢かもしれないが、実際これは正しくもある考えだ。

といっても、ここまで来てティアラのタイムマネジメントをするのはつまらない。

ライカは一つの提案をする。

「アンタ、まだ体が温まってないでしょ？　ウォーミングアップくらいは付き合うわよ」

「……何か企《たくら》んでいるな」

「何も企んでないわよ！　言っとくけど、優勝してもらうために仕方なくだから！」

「そう言って昔、我の右腕の骨をへし折ったではないか」

「そ、それは……まだあの時はガキだったから！　今はもう大人だし！」

　確かに昔ウォーミングアップを手伝うと言ってティアラの骨をへし折ったのは事実。別に大した怪我でもなく、傷も後遺症も残らなかったが記憶にはしっかり残っているらしい。

　あれから百年近くも経《た》っているのだから、多少の信頼はしてもらいたいものである。

「本当に何もせぬな？」

「もちろん。もし怪我させたら金貨一億枚払うわ」

「それならいい。我のウォーミングアップを手伝わせてやろう」

「なんでアンタはそんなに偉そうなのよ……」

　結局、ライカは不満を漏らしつつも、ティアラの腕を後ろから強く引っ張る。

　この腕を引っ張る力は強ければ強いほど気持ちが良いらしく、ライカも手加減抜きで思いっ切り引っ張っていた。身体《からだ》の頑丈さに物を言わせた強引なストレッチである。

　次に足を大きく開いて前屈。ライカは背中から力を入れて押す。

　すると、ティアラの身体はかなり柔らかく、ペタンと床に上半身（主に胸）が触れた。こうしてみると、身体が硬いのか柔らかいのか分からなくなる。いや、身体が柔らかいからこそ数多《あまた》の攻撃に耐えられるのかもしれない。

「次、脚を持て。我が寝転がるから、太ももが伸びるように押してほしいのだ」

「こういう感じ？　何だか間抜けな格好ね」

ティアラに説明された通り、仰向けになったティアラの脚をライカはお腹で固定する。

そして、膝が曲がらないように手で押さえたら、体重をかけて脚を伸ばしてみせた。

直《じか》に触れてみたからこそ分かるが、筋肉が詰まった丸太みたいに太い立派な脚だ。

この脚から繰り出される蹴りやジャンプが、ティアラの強さを支えていると考えたら感慨深い。

「ウォーミングアップに格好いいも間抜けもない。我はこれが一番しっくりくるのだ」

「ぐっ……フン。じゃあアタシは、格好よくて効果抜群なアタシだけのウォーミングアップを開発してやるわよ」

ライカは正論で押し通されそうになると、強がるようにプイっと視線を逸《そ》らした。

これらはティアラが自己流で生み出したウォーミングアップ方法。どのような効果があるのか不明であり、そもそも意味があるのかも分からない。

ティアラいわく、身体が軽くなるとのことだが……。

ライカが試してみても結局よく分からなかった。

でもこのままだと何だか負けた感じがするので、いつかは自分なりのウォーミングアップを考えておかないといけない。

「最後にライカ、我の肩の上に手を置くのだ。そして揉め」

「はいはい……って、これはウォーミングアップでも何でもないでしょ！」

「あぁ～、気持ちいいぞ。非力なライカの腕力も肩揉みには丁度いいな」

「はぁ!?　アンタ、後で覚えてなさいよ！」

ライカは小馬鹿にされながらも、レインの顔を思い浮かべてどうにか怒りを堪《こら》えた。

今度こんなことを言われたら、躊躇《ちゅうちょ》なく肩の肉を引きちぎってやるつもりだが……今だけは我慢だ。

いつかティアラをボコボコにした後、肩を揉ませることを想像してモヤモヤを発散するライカだった。

「よし、じゃあ次は攻撃してくるのだ。全部避《よ》ける」

「はいはい」

待ってましたと言わんばかりにライカは立ち上がり、その長い尻尾を鞭《むち》のようにしならせる。

そして、そのままティアラに向けて不規則な攻撃を仕掛けた。

動きを目で見て避ける――戦闘の前に目を慣らしておくのは大切だ。同時に、身体がしっかりついてくることも確認できる。

ティアラとしても、これくらいのスピードが難易度的に丁度いい。あえてギリギリで躱《かわ》す余裕まである。

「もういいぞ。丁度いい遅さだ」

「もしかして馬鹿にしてる？」

ティアラに言われて、ライカはピタリと攻撃をやめる。

行き場を失った尻尾は、ペタンと力が抜けたように床に落ちた。

伸縮自在の尻尾は短くまとまり、いつものポジションへ。

――行くと見せかけて最後にもう一発。

と、不意を突いたつもりであったが、それをキッチリとティアラに避けられてウォーミングアップは終わる。

ライカの性格を知り尽くしたティアラには容易いことだ。

「もう大丈夫そうね。楽しみにしてるわ」

「お前は我が活躍するところを見ていろ」

「分かった分かった」

ティアラの偉そうな態度を、ライカはもう慣れたように受け流す。

少々鼻につくところもあるのだが、ここで結果を出してくれるのなら問題ない。

ティアラはこういう勝たなくてはいけない時が一番強い気がする。プレッシャーが大きければ大きいほど。緊張感が心地いいのだろうか。

逆にどうでもいい相手の時には油断して一本取られることも。

ライカにはよく分からない感覚である。

「八十八番。ティアラ選手ー」

「ん？　呼ばれたみたいだな」

「もうなの？　早いわね」

「待ち時間が少ないのはありがたいのだ。退屈なのは嫌だからな」

ティアラはフフフンと鼻歌まじりに歩き出す。

尻尾をうねらせ、髪は僅かに逆立っていた。

なかなかに頼もしい背中だ。自分が男なら惚《ほ》れてしまいそうである。

「負けたら承知しないからね！」

「もし負けたらドラゴンの姿で逆立ちしてやるのだ」

　そう言って、ティアラの背中は遠くなっていく。

　どうせ負けないと分かっているが、ドラゴンの姿で逆立ちというのは面白そうだ。

　いつかそんなティアラが見てみたい。

（負けたら……か）

　それと同時に、いつかティアラを超えるような竜人が生まれてくるのも見てみたい。

　正直に言って、自分の実力では力不足である。

　悔しいが、本気で戦ったら勝てる確率は三割くらいだろう。

　ここ二百年はずっとティアラが竜人最強として君臨しているため、ライカ以外の竜人はほとんど口を出すことができない。

　竜人族の格を上げるためにも、ティアラや自分を軽く凌駕《りょうが》するような若者が現れてほしいものである。


「おうおう！　わっちの肩慣らしの相手はお前か、竜人！」

　正面から、自信に満《み》ち溢《あふ》れた様子の対戦相手がやってくる。白い髪と対照的な真っ黒な目。

　おでこに一本小さめの角が生えているところを見ると、鬼が関係する種族だろうか。ただ、鬼というだけあってイメージ通り胸だけはデカい。この大きさだと動きにくいだろうなぁ……とティアラは観察する。

「わっちの名はキラービー！　いきなりわっちが相手とは運が悪いのお！　再起不能になっても文句は言うなよお！」

「……声が無駄にデカいのだ」

手のひらを広げてポーズを取りながら、キラービーと名乗る鬼はティアラを威嚇（？）する。

ティアラと同じくらいの身長ではあるが、精神的には圧倒的に差があるように見えた。

何というか、さっきから言動が全部ガキっぽいのだ。

セリフに実力が見合っているようには思えず、若さに任せてイキがっているだけ。何だか子どもの頃の自分を思い出す。

「その様子だと、わっちの名を知らぬようだな！　無知というのは罪ということか！」

「知らんな」

「は!?　本当に知らんのか!?　鬼族の超新星といわれ鬼神様にも認められたこのわっちを!?」

キラービーは目を丸くさせてダイナミックに驚く。自分の知名度には相当の自信があるようで、一ミリも自分を知らないティアラを信じられないというような目で見ていた。

（鬼族は傲慢な奴が多いのだ。……そういえば、レインも鬼族は値切ってくるから怖いと言っておったな）

　きっと鬼族の中では有名な方なのだろうが、ティアラにとっては取るに足らない存在。一応鬼神と呼ばれる鬼は知っているが、一々その弟子までは覚えていない。

　というか、ティアラは一度鬼神を倒したことがある。そこそこの強さではあったが、別に苦戦したという記憶はない。キラービーの口ぶりでは、まだ鬼神を越えてはいないようなので何となく強さの想像はできた。

　どちらかというと、キラービーがティアラを知らないことの方が驚きである。人の振り見て我が振り直せと言うべきか。

　軽くお灸《きゅう》をすえてやるとしよう。

「……せめて鬼神を越えてから威張れ」

「んー？　何か言ったかー？」

　ボソッと呟いたティアラの一言。

　キラービーの耳にはギリギリ届かなかったみたいだが、一々反論されても面倒なため聞こえていなくてラッキーだったかもしれない。

「まあいい。わっちの踏み台となることをありがたく思うがいい！　一生わっちの名を忘れられぬようにしてやろう！」

「それはこっちのセリフなのだ。竜姫ティアラの名をその身に刻め」

「はぁ？　ティアラぁ？　その名を出せばわっちがビビると思っておるのか？」

　ティアラという名にピクリと反応するキラービー。

　一応名前だけは知っているようだが、顔までは認知していないらしい。目の前にいる相手がティアラと知った上であの態度であったなら、なかなか見込みのある女だと思えただろうが……ただただ無知なだけのアホだった。

「ま、試してみれば分かるであろう。ほら、かかってこい。一番強力な技を出してみろ」

「がー！　どこまでもわっちを舐《な》めておるな！　よし分かった！　ぶっ飛ばしてやるぞ！」

キラービーは頭を掻《か》きむしりながら叫んだ。

沸点が低すぎて、逆に見ていて面白い。ティアラは分かりやすい性格の奴が好きだ。出会う場所さえ違えば、もしかしたら仲良くなれたかもしれないが——今は対戦相手である。

仕方ないが痛い目を見てもらおう。

「はああああああぁぁぁあああ！」

そうこうしていると、我慢できなくなったキラービーが腕をブンブン回しながら突っ込んできた。

右手には炎を纏《まと》い、左手には電流を走らせる。鬼族の超新星という称号は伊達《だて》ではないようで、やはりある程度の戦闘能力とセンスは持ち合わせているようだ。

特に右手に纏っている炎は素晴らしい。同じく炎を得意とするティアラから見ても、無暗《むやみ》に炎が散らばっていないしあの若さにしてはコントロールが上手い方だと思う。

その勢いのまま、キラービーはティアラの目の前までくると、大きく炎の右腕を振りかぶって攻撃のモーションに入った。

その瞬間にもう一段階炎の火力が上がり、最大の威力が出る状態に。

あっという間にキラービーの右腕全てを覆うような特大の炎になる。

このド派手な技には、観戦している客も興奮を抑えきれない。観客席のわーきゃーとした声に押され、キラービーはニヤリと笑った。

「食らえッ！　アルティメットファイナルミュージカルサンダーネクスト——」

「——ふん」

ぱこーんと。

ティアラのグーパンチが、突っ込んできたキラービーの頬にクリティカルヒットする。

その強すぎる衝撃に耐えられるはずもなく、キラービーの身体は十メートルほど大胆に吹っ飛んでいった。

さっきまで大胆に燃やしていた右手の炎と、結局あまり使わないまま終わってしまった左手の雷はもう見る影もない。

キラービーは既に気絶していて明らかに戦闘不能の状態。

勝負を決するために必要だったのはたったの一発だ。あまりにも早い決着に、会場が数秒だけしーんと静かな空気に包まれる。

「本当に一番強力な技を出すアホがどこにおる。隙だらけなのだ」

『あ、えっと――試合終了！　ティアラ選手の勝利!!』

慌ててティアラの勝利を告げる声と銅鑼《どら》の音が、闘技場にキンキンと響いていたのだった。

◇◆◇◆◇◆

「レインさん！　こっちですよこっち！」

「ちょ、ちょっと待ってくれ……もう決勝戦だなんて早すぎじゃないか……？」

「そんなこと言ってもしょうがないです！　流石に今回は異常なスピードだと思いますが……」

「ほとんどの試合が短時間で終わってる。すごい」

時間に追われているレインは、リリアに引き連れられて転びそうになりながらも走る。

観客の間を掻き分け、ライカがいる場所へ。リリアとアルナは、空気の流れや特有の匂いというやつでライカの居場所が何となく予想できるらしい。レインはその感覚を信じて、二人にライカの所へと案内してもらっている。

レインたちがここまで急いでいる理由は他でもない。決勝戦の開始があまりにも早すぎて、三人の想定を軽く超えていたからだ。

ティアラと別れてから、三時間ほど経過した今――本来ならこの時間帯は二回戦が始まっているかどうか。

普通ならありえない進行速度である。

ここまで進行が早くなった理由としては、ほとんどの試合が瞬殺で終わってしまったため。

特にティアラ。

ティアラと対戦するはずだった相手は、試合が始まるまでに全員棄権してしまったようだ。実際、自分の身の安全を考えると正しい判断なのかもしれないが……。

尋常じゃない恐れられ方だった。

「とりあえずライカさんと合流しましょう。せっかくなら特等席で見たいですし」

「決勝戦まであと何分だ？」

「えっと、三分くらいです」

「ギリギリ間に合ったってところだな……」

ここまで走ってきた中で、レインはようやく一息ついた。

ライカがいる場所はレインの目でも視認できる。あそこまでなら一分もかからない。

何とかティアラの雄姿を見届けることができそうだ。

もし決勝戦を見逃していたら、ティアラから後で小言を貰っていたはず。

ひとまずホッと一安心。あとはティアラが見事に勝利するところを見るだけである。

周りに大勢の観客がいるため、一応人間であることがバレないように気をつけておかないと。

どうせ観客たちは、試合に夢中になって近くにいるレインなど気にも留めないだろうが、こういう油断している時こそ注意しておかないと足元をすくわれることになる。

「――あ。遅いわよ、レイン」

「ごめんごめん。こんなに進行が早いとは思ってなかった」

ようやくライカと合流する三人。リリアとアルナの言うことを信じて良かった。

こんな遠くからでも空気とか匂いで分かるんだなぁと感心してしまう。そんなにライカから特徴的な匂いがするだろうか。

レインはバレないように息を吸ってみるが、そんなに特徴的な匂いはしない。強いて言うなら、少し血の匂いがするような気がするくらいだ。

「まあ、確かに今回は荒れてるわね」

「ティアラの対戦相手が次々に棄権してるらしいな」

「それだけじゃないわよ。ティアラの他にもう一人強い奴がいるの。そいつがどんどん瞬殺するから大変だわ」

　ライカが用意している三人分の席に、なだれ込むように座った。

　ライカの話だと、ティアラ以外にもこの大会を荒らしている存在がいるようだ。しかも、実力者の割に無名であり、今大会で初めて見るとの声も。ミステリアスさについつい興味が湧いてしまう。

　当然そのままティアラとは決勝で当たることになったようだが……一体どんな相手なのだろう。レインとしても他人事《ひとごと》ではないため、少しハラハラしてしまう。

「強い人……？　どのような御方なのですか？」

「見たら分かると思うわ。ほら、始まるわよ」

「あ、本当ですね」

　リリアが視線を闘技場に向けたところで、ティアラが東側から眠そうに登場する。

　棄権の連続で飽き飽きしてしまったのだろうか。決勝戦とは思えない緊張感のなさだ。

　一方。

　西側から現れたのは……カジュアルで動きやすそうな服の女。

　長い髪をポニーテールでまとめており、エルフ特有の尖った耳が目立つ。なかなか珍しいオレンジ色の髪が、歩くたびにユラユラと揺れていた。

　そして何よりも気になるのは、顔を隠すために仮面をしているということ。

　あれは狐《きつね》をモチーフにしているのだろうか。戦闘時に仮面なんてつけていたら、邪魔でしかないと思うのだが……そこまでして自分の顔を隠さないといけない理由が分からない。

ライカが言うには、彼女もティアラと同じくらい圧倒的に勝ち進んできたようだが、仮面のハンデを考慮するとその実力の高さが窺《うかが》える。

彼女が何者なのか、ライカはまじまじと観察していた。

「変わった人ですね……」

「顔を見られたくないのかしら？　名前も匿名だし。レインは知らないの？」

「見覚えがある……ただ、あの人がここにいるなんて考えにくいんだ」

「え!?　だれだれ!?」

実は、レインには一人だけ心当たりがある。

というか、オレンジ色の髪でエルフと言ったらあの人しか思い浮かばない。

ただ、その人物はこんなところにいるはずがない人物であり、戦いとは遠い存在のはずなのだ。

レインとしてもできれば人違いであってほしいため、勇気を出してその人物の名を試しに呼んでみる。

「――ミント女王！」

レインがその名を呼ぶと、仮面の女はビクッと肩を跳ねさせた。

そして、名を呼んだレインの方にドキドキしたように振り返る。

ああ、レインの予想はどうやら当たっていたようだ。

レインが頭を抱えていると、彼女はいつものようにヘラヘラと笑いながら仮面を外す。

するとやっぱり、見慣れた顔がレインに向けて手を振ってきたのだった。

「レ、レインさん！　あの人もしかして！」

「……そうだ、ミント女王だよ」

「ミント女王って、あのエルフの国の女王様？　ポニーテールだったから気付かなかった」

まさかあのミント女王が闘技場で戦っていたなんて。国のエルフたちが知れば、大慌てで引きずって帰るはずだ。

どこか怪我でもしてしまえば大事《おおごと》になる。ミントには自分の立場というものをもうちょっと理解してほしい。

……いやいやそんなことより、「あの人ってそんなに強かったの？」という感想がレインの中で出てくる。

ミントの印象は、お淑《しと》やかで、優雅で、品があって、ちょっと変わっている。

戦いというイメージは、何回も会ったことがあるレインでも考えたことがない。

それでも、今回の結果を目にしては信じないといけなくなる。

「どうしてこんなところにいるのでしょう」

「知らないよ。ただ、このまま戦ったらマズいことになる」

この状況に危機感を覚えたレインは、大変なことになる前にティアラに忠告する。

「ティアラー！　ミント女王には絶対怪我させちゃダメだぞ！」

「……む？　ミント女王だと？　どこかで見たことがあると思ったが、もしかして貴様」

「いやぁ～、バレちゃったみたいだね。しっかり変装してたつもりだったんだけどなぁ」

ここでようやくティアラも目の前の女の正体に気づく。

仮面を外して素顔を見てもまだピンときていなかったが、名前を聞いてやっと思い出した。

エルフの国の女王だ。これは確かにボコボコにしたらマズい。

「久しぶりだな。我のことを覚えているか？」

「もちろん。まさかこんなところで再会するなんてね」

「できればもっと落ち着いたところで再会したかったものだ」

ティアラはクククと笑い、ミントはフフフと笑う。

前回会った時はあまり喋《しゃべ》れなかったが、こうして対面してみると似たところがあるのかもしれない。

レインたちが驚いているように、ティアラもミントが戦うというイメージは持っていなかった。

エルフという種族もそうだが、戦いに必要不可欠な魔力や殺気を一度も感じなかったから。

つまり、ティアラはミントに戦闘能力があることを見抜けていなかったということになる。

ティアラの経験豊富な目であれば、多少観察すればその者の実力などを簡単に推測できる。

そんなティアラの目を相手に、ミントは自分の実力を隠し通したのだ。

「実力があるのなら隠さなくても良いだろうに。この様子だと、エルフの民も貴様の実力に気付いていないのではないか？」

「あまり強かったら……何というか可愛くないじゃないか。男は弱弱しい乙女ほど守ってやりたくなるのだからさ」

ふーんとティアラ。

正直なところあまり共感できない。やっぱり変なヤツだなぁと心の中で思う。

「その割には闘技大会の参加者をボコボコにしていたらしいが？」

「身体が鈍《なま》ったらいけないから、軽い運動のつもりで参加してみたんだけどね？　そしたら意外と熱が入ってしまったよ。まぁ、せっかくの魔界祭なわけだし、これも一興ということなのかな」

「……熱が入るというのは良いのだが、この戦いは棄権した方が身のためだぞ。もちろん手加減はするつもりだが、万が一怪我をされたのでは困るからな」

ティアラはミントの身を案じてあらかじめ忠告をしておく。

もしミントに怪我をさせてしまったら、レインが何というか。ティアラにも手合わせしてみたいという気持ちがないわけではないが、そんな軽いノリで戦っていい相手ではない。

ミントはエルフの代表、ティアラも竜人族のトップ。ティアラとミント個人だけの問題ではなくなるのだ。

言い換えるなら「戦争」という言葉もギリギリ当てはまる。

竜人とエルフの関係が悪くなっても困るし、ティアラとしても穏便に済ませたい。

まったく、どうして自分がここまで気を遣わないといけないのか。

ティアラは、らしくない言動にため息をつく。

ただ、ミントの反応は予想していたものとちょっと違った。

「うーん。せっかくの決勝で観客が見ているというのに、そんなことしたら冷めてしまうかな。

こちらとしても竜姫の力にはとても興味があるんだよね」

「…………何だと？」

「こんなところで棄権したら、もったいないと御神木《ごしんぼく》様に怒られてしまうよ。手加減も必要ないと言っておこう。もちろん怪我をしてもボクの責任だし、恨みっこなしだ」

「……クク、面白いことを言う。そこまで言うのなら望みを叶《かな》えてやろう」

ミントは半歩引いて右手を前に出す。

ティアラはその行動の意図が手に取るように分かった。

これはミントなりの構え。戦いを始める合図だ。

本人が手加減は要らないと言っているのなら、ティアラはそれに応えるまで。

ティアラの本能に火がついてしまった。


「ティアラさん……あの様子だと手を抜く気はなさそうですよ」

「ティアラの前で挑発的なこと言ったら、そりゃーああなるわよ」

「ミント女王……大丈夫なのか？　こうなるとどうしようもないぞ……」

『良いですかー!?　それでは！　決勝戦スタート！』

「――お、おい。始まったぞ！」

試合の開始を示す銅鑼の音が響くと、レインは少し前のめりの体勢で試合を見る。

元気なサキュバスの掛け声によって、遂に決勝戦は始まってしまった。

ティアラもミントもお互いに引くことをしなかった。こうなったら、できるだけお互いに無事で試合が終わることを祈るしかない。

「リリア、アルナ。もしもの時は、二人でティアラを止めてほしい」

「了解です、レインさん！」

「わかった」

レインは一応リリアとアルナに指示を出しておく。

試合が始まってしまった今、流石に多くの観客の前で中断させることはできない。

二人が動くのは、明らかに勝敗がついていてもティアラが攻撃をやめなかった時。

この二人なら、ティアラを無理やり引き剥がすこともできるはずだ。

「――では行くぞ」

そんなことを言っていたら、ティアラは防御のことなど考えずに歩いて距離を詰める。

あっという間にお互いの手の届く距離――いわゆる間合いに入った。

この間合いに入った時のティアラは、言ってしまえばほとんど無敵だ。

それこそアルナやリリアなどの実力者でないと、反撃はおろか防御すら間に合わない。

ミントの実力は分からないが、ティアラの得意な距離感で戦うのはどう考えても無謀といえる。

レインはヒヤヒヤしながら彼女たちが動き出すのを見守っていた。

「はぁ！」

ティアラは、レインでも目で追えるような大振りのパンチを繰り出す。

ある程度の実力――この闘技大会で決勝に上がれるくらいの力があれば、間違いなく避けられるスピードの攻撃だ。ティアラは恐らくこのパンチを当てる気はない。威嚇という意味での一発目であろう。

ミントがこの一撃のパワーを見れば、降参してくれる可能性もある。挑発に乗っていたように見えたが、ちゃんとレインの忠告は頭に入れてくれているようだ。

「手加減しなくていいって言ったのに」

「――なっ」

ティアラの身体がふわりと浮く。

そして、地面にヒビが入るほど勢いよく叩きつけられた。

さっきまで自分が攻撃していたはず、ミントが防御の構えを取っていたはずなのに。いつの間にか攻守が逆転してしまっている。

ティアラ本人も何が起こったのか、叩きつけられた今でも理解できていなかった。

ただ、観客席から一部始終を見ていたレインたちはすぐに理解する。

ミントはティアラの攻撃を受け流し、その勢いを逆に利用して地面に叩きつけたのだ。ティアラの攻撃の勢いが殺されていないからこそ、軽く受け流したように見えても地面にヒビが入るくらいの力になっている。

これは一朝一夕で身につけられるような技術ではない。ミントは簡単そうに決めていたが、その陰には相当な量の修行があったはずだ。

ティアラは技とその質に驚きながら立ち上がる。

……あれだけ派手に攻撃を受けておいて、全くダメージを負っていないのは流石の耐久力だ。

「なかなかやるな。見たことがない技なのだ」

「エルフの王族に代々伝わる特別な柔術だよ。認知度はかなり低いと言えるね」

「なるほど、そういう柔術があるのか。力の差を利用するとは、エルフらしい技と言えるな」

ティアラは感心するように技を受けた感覚を思い出していた。

今まで戦ってきた数千の敵の中でも、このような戦い方をする者は片手で数えられる程度の人数しかいない。

質の高さだけでいうと、ミントはトップに君臨するかもしれないほどの器用さだ。これなら戦闘に向いてないエルフ族が勝ち上がってきた事実にも納得できる。

「ボクみたいなエルフは、竜人族の持つような天性の力を持っていないからね。努力で技術を習得するしか自衛する術《すべ》がないのさ」

「素晴らしい心がけだ。自分の力に驕《おご》って修行をしない竜人に聞かせてやりたいな」

確かにエルフと竜人族には埋められない肉体強度の差というものがある。エルフがいくら身体を鍛えたところで、戦闘特化の竜人族と力比べをしたら絶対に勝てない。これは種族が違うため仕方のないことだ。

しかし、そんなハンデを覆す力がミントにはあった。

ティアラは拍手をしそうな勢いでミントを称賛する。普段は変わり者の王女だが、戦いに関しての考え方は共感するものがある。

意外と自分とミントは似ているのかもしれない。

ただ、それと勝敗は関係ない。ティアラはレインのためにも勝たないといけないのだ。

「ミント女王……凄いですね。ティアラさんに負けていません」

「あんなに強かったのか……知らなかった」

さっきまでヒヤヒヤしていたレイン。今はもうそんな気持ちなど消えて、どっちが勝つのか見届けている状態だ。

試合が始まる前はティアラの圧勝だと思っていた。

だが、さっきの技を見せられたら、ミントの勝利もありえないことではなくなる。

もちろん力ではティアラが勝っているのだが、流れは今ミントの方にある。

何か流れを変えるような策がティアラにあればいいのだが……。


「とにかく竜姫にも通用することが分かって安心したよ」

「クク、これにも対応できるか？」

ティアラはミントの目の前でクルっと半回転する。

背中を見せたということは回し蹴り――いや違う。

ティアラが攻撃に使ったのは、脚ではなく尻尾だ。竜人族が持っている大きくて力強い尻尾。

ティアラレベルの存在が、遠心力を加えて思いっ切り振れば、巨大な岩でも簡単に砕け散ってしまうほどの威力が出る。

当たれば当然無事では済まない。それに、いくらミントといえども、尻尾での攻撃を受け流した経験はないはずだ。

「――はっ！」

そんな初めて目にする攻撃も、ミントは直感的に受け流した。

しかも、ただ自分の身を守るだけではない。攻撃の向きを真下に変えたのだ。

何もしなければそのまま振りぬかれて空を斬るはずだったが、下に方向を変えたことで地面を勢いよく叩くことになる。

岩をも破壊する威力で地面を叩いたのだから、どうなるかは自明の理。

闘技場のど真ん中で、爆発でもしたかのような爆音が鳴った。爆音と共に、この場にいる全員の身体が一瞬だけ浮く。

「いっつつ……尻尾が千切れるかと思ったのだ……」

「あんなに強く振るからだよ」

闘技場の地面全体にヒビが入る。さっきティアラが叩きつけられて入ったヒビが可愛く思えるくらいの大惨事だ。

肝心のティアラは、自分の尻尾を撫でながら痛みを堪えている。反応を見るに意外と痛そうだ。人間でいうと、壁を思いっ切り殴った時のような痛みだろうか。自分の身体の一部をあれだけの勢いで叩きつけたのなら、ああなってしまうのも仕方がないと思えた。

「もう分かったのだ。普通に攻撃したらロクなことにならぬ」

「そういうことさ。次はどうするつもり？」

「なに、同じことをしてやるのだ。見よう見まねであるが」

カウンターに懲りたティアラは、なんとミントと全く同じ構えを取る。

体の向き、手の出し方、目線まで全て一緒。ミントはふざけているのかと思ったが、ティアラの目を見ると本気であることが分かった。

ミントが長年修行して身につけた柔術を、出会ったばかりのティアラが再現しようとしている。これはなかなか……かなり無謀と言ってもいい。柔術は見よう見まねで習得できるほど単純なものではない。

日々練習を繰り返し、長い年月をかけて、身体が無意識で動くようになってから初めて実戦で使えるレベルになるのだ。元々才能があったミントでさえ、完璧に使えるようになるまで軽く十年以上必要とした。

修行の中でした怪我も数え切れず、突き指、捻挫、脱臼、骨折、靭帯《じんたい》損傷などなど。柔術の修行で起こりうる怪我は大体した気がする。

仕組みすらまともに理解できていないはずの段階では、真似事《まねごと》すらできるわけがない。むしろ、慣れない構えのせいで余計なダメージを食らってしまう未来が見え見えだ。

ミントはその厳しさを分からせるつもりで、構えているティアラに向かって回し蹴りを繰り出す。

「――え」

次の瞬間。

ミントが見たのは、青空の中眩《まぶ》しく光る太陽であった。

ドンと耳に入る音。背中がかなり痛い。ちょっと頭も打ってしまった。そのせいか意識がボーっとして何も考えられなくなる。

今見ている景色は眩しい空。自分は大の字になって寝ているのか。

何やら周りのワーワーする声がうるさい。立ち上がろうとしても、身体が怠《だる》くて立ち上がれない。自分が今何をしているのか、それすらも忘れそうだ。

少しぼやけている視界に赤い髪が入る。それが馬乗りになった。

この人……重いなぁ。何を食ったらこんな——あれ？

『ミント女王！』

誰の声？　これは……レイン？　レインの声がする。

どうして馬乗りに。誰。というかここ、どこ。おかしい。何か変。

ミントの頭の中に様々なものが浮かぶ。

……………。

………。

……。

そして——。

「——はっ⁉」

ミントの意識はようやく醒《さ》めた。

頭を打ってしまったことで放心していたが、今自分は闘技場にいるのだった。

ティアラが自分の真似事をして、その挑発に乗って、投げられた？

とにかくそんなことはどうでもいい。早く立ち上がらないと。

ミントはガバッと起きようとしたが、当然ティアラに押さえつけられる。

「ぐっ……」

凄い力。これが竜人族の怪力か。分かり切っていたことだが、エルフの身体能力じゃとてもとても対抗できない。

ここから逆転できる方法は……正直なところなさそうだ。

鍛錬してきた柔術も、こんな密着した状態だったら使い物にならなかった。

「綺麗なお顔は守ってやったからな。これで勝負あり、だ」

ティアラは拳を振り上げる。紛れもない死の予感。振り下ろすまでの時間がとても長く感じられた。

これが竜姫か。やはりその称号に偽りはない。

ミントは怯《ひる》むように目を閉じる。

「…………？」

どれだけ待っても攻撃がこない。もしかしてここは死後の世界？　その割には観客の声がうるさい気がするが……。

ミントは恐る恐る目を開けた。

「あ」

目の前にはティアラの拳がピタッと止まっている。

あと数センチ止めるのが遅かったら、自分の顔はペシャンコになっていただろう。

冷や汗がミントの頬を伝う。慈悲をかけてもらって助かった。

「何か言うことはあるか？」

「ギ、ギブアップ……？」

ミントがその一言を言った瞬間に、銅鑼がボーンと力強く鳴った。

これが試合終了の合図。観客の声もその音に反応するように一層大きくなる。そして昼間なのにも拘《かかわ》らず花火がいくつも上がった。

試合中もかなりうるさかったが、今はその比にならないくらいにうるさい。レインたちも何か言っているようだが、残念ながらティアラの耳には届いてこなかった。

ティアラは寝転がっているミントに手を貸して起こすと、さっきの攻撃の影響か、ミントは立ち上がって数秒はフラフラと安定しない様子だ。


『第百十二回、闘技大会の優勝者はティアラ様ー！　両者に盛大な拍手をお送りください！』


パチパチパチパチと拍手が止まない中、二人はサキュバスによって表彰台に立たされる。控えていた闘技大会のスタッフが、あっという間に表彰式を行う準備を完了してしまった。

どうやら試合が終わった瞬間に表彰してくれるらしい。ティアラが過去に優勝した時とは少しシステムが変わっている。

とんでもなくハイスピードな進行だ。観客の熱が最高潮のうちにしてしまおうという目論見《もくろみ》だろうか。

「こんなことになるとは聞いてないぞ」

「二位のボクまで表彰台に立つのはおかしくないかな？　できるだけ表情を変えないと……仮面も壊れちゃったし」

ミントは自分の正体がバレないようにニッコリと笑って見せる。いつものヘラヘラとした顔とは大違いだ。これならミントをよく知る者でないと分からないはず。

……というか、まるで純粋な少女のように見る者を魅了する笑顔である。こんな顔ができるなら普段から笑顔でいればいいのに。少なくとも、捻《ひね》くれてそうで何を考えてるか分からないいつもの表情より何倍も良い。

そんな隣で素晴らしい笑顔を見せているミントに比べて、ティアラはため息をつき不機嫌そうな表情だ。

ティアラはあまりこういうノリが好きではない。それでも、仕方がないのでサービスとして観客に数回手を振ってやることにした。

あと、リリアが興奮したようにティアラに手を振っていたので、それにも一応手を振り返しておく。

『これにて第百十二回、闘技大会を終了しまーす！　お帰りの際は足元に気を付けてお帰りくださーい！』

こうして、急遽《きゅうきょ》参加した闘技大会は狙い通りティアラの優勝で終わることに。

ミントと決勝で当たるというハプニングもあったが、ティアラとしても面白い技を見ることができたため満足だ。

身体についた土埃《つちぼこり》をはらいながら、ティアラはレインたちの到着を待つ。もちろん、隣にはミントもいる状態で。

「ねぇ、ボクを倒した時の技ってさ……もしかして」

ミントは恐る恐る最後の技について聞いた。

何となく想像はついているが、にわかには信じることができない。それが不可能であることを、他でもない自分自身が分かっているからだ。

自分が必死に習得したあの柔術を、初めて見た者がパッと真似したなんて信じたくない。

しかし、ティアラは「あぁ、あれか」と軽く答える。

「察しの通り。お前の技を真似してやったのだ。少しもたついてしまったがな」

「……一応聞いておくけど、初めて見たんだよね？　それに全然もたついてなかったよ」

「もちろん初めて見たぞ。自分が食らったことで何となく仕組みとコツは掴んだのだ」

ティアラは当たり前のように恐ろしいことを言う。いくら戦闘特化の竜人族とはいえ、あんな一瞬で柔術の真髄を理解するのは絶対に不可能だ。

これはティアラの持つ天性のセンスがおかしいだけ。

「これが天才か……」とミントはため息をつく。

ティアラが竜姫と言われるようになった理由が少しだけ分かった気がした。

「とにかく良い試合だった。エルフの認識を改める必要がありそうだ」

「そう言ってくれると、エルフの代表としては嬉しいよ。ボクほどじゃないにしても、エルフの中にはたくさん猛者たちがいるからね」

「うむうむ。やはり王は強くなくては」

ティアラは気さくに肩を叩いた。彼女の中には、王は強くなくてはならないというルールがあるらしい。

ミントとしては「別に強くなくてもよくない？」という気もするが、わざわざそれを伝えるようなことはしなかった。考え方は人それぞれだ。

反論したら面倒くさいことになりそうなため、今は「だよね～」と適当に合わせておく。


「いたいた！　ティアラ！　凄かったな！」

「ティアラさん！　おめでとうございます！」


そうこうしていると、レインたちがティアラを迎えにやってきた。

リリアは未《いま》だに興奮が冷めやらぬ様子。ライカはツンとしているが、ティアラが優勝して嬉しいようだ。

もちろんミントにも敬意を表して、リリアは両者を称《たた》えていた。

「二人ともお疲れ様。怪我がなさそうで安心したよ」

「竜姫が手加減してくれていたからね。本気でこられていたら、多分大怪我してたはず」

「レインの指示があったからな。やり過ぎないように気を付けたのだ」

手加減しなくていい——とミントは言っていたが、それに素直に従っていいわけがない。

試合には負けたミントだが、ちゃんとティアラが自分を怪我させないように戦っていたのには気付いていた。

もしティアラが殺す気でいたら、恐らく自分は数秒も耐えられなかったはず。

今はティアラに感謝しかない。まさかティアラがここまで強いとは思っていなかった。

「というか、ミント女王！　どうしてこんなところにいるんですか！」

「いや～、ちょっとした遊びのつもりだったんだけど、浮かれすぎたかな？」

「浮かれすぎですよ！　もう少しご自分の立場を考えてください！」

事の重大さを感じさせないミントに、レインは呆れるしかなかった。

下手をすれば戦争に発展しかねない行為だというのに、当の本人は気楽なものである。

「今回のことは従者の人にも報告しますからね」

「ひ、ひぃ～」

ミントは「やめてくれ」と懇願しているが、レインは心を鬼にして決心する。これはミント女王のためでもあるのだ。

きっとミントには従者のお説教が待っているだろうが、罰としてしっかり反省してもらわないと。

「でも、ミントさんの技は凄かったですね！　あんなの初めて見ました！」

「アルナもビックリした」

「そう言ってくれて嬉しいよ。今回の大会で意外と自分の力が通用することも分かったからね。

この大きな収穫に比べたら、怒られることくらいどうってことないさ……はは」

ミントは強がって効いていないフリをする。

が、最後の笑いはやけに乾いていた。ちょっとだけレインの中に罪悪感が生まれそうだ。

「そういえば、優勝賞品はもう持っていっていいらしいのだ。レイン、受け取りにいくぞ」

「え、やった！　行こう！」

「ボクも拝ませてもらおうかな」

ミントの強さが印象に残り過ぎて、レインの頭から抜け落ちていた優勝賞品。授与式のようなものはなく、案外あっさりと貰うことができるようだ。何だかドキドキしてきた。

賞品が置いてあるのは、闘技場の中でも奥の方にある部屋。

ティアラが先頭を歩き、レインたちはその後ろに並んでついていく。

「アンタ強かったわね。ティアラをあそこまで苦戦させたら大したものよ」

「ありがとう。竜人族の強さには驚かされたよ」

その道中で、ライカとミントが話に花を咲かせていた。今日初めて会ったはずなのに、随分と楽し気にしている。「戦い」には人と人を繋《つな》ぐケースもあるらしい。

そう考えたら、ティアラとアルナが仲良くなったのも「力比べ」がきっかけだった。こんなコミュニケーションは、人間界ではもちろん一般的ではない。魔界特有の拳で語るコミュニケーションだ。

「この部屋にあるらしいのだ。鍵はもう貰っておる」

賞品がある部屋の前に到着すると、ティアラは事前に貰った鍵を指でクルクルと回す。

そして、全くもったいぶらずにガチャリと開けた。もう少し心の準備をしたかったが……開けてしまったものはもう仕方がない。

どかどかと遠慮なく部屋の中に入っていくティアラの背中を追いかけた。

そして、そこには宝箱といっても差し支えないような厳重な箱がドカンと置いてあった。鍵は部屋の扉と同じものらしく、厳重そうな見た目の割にカチャリと軽い音で開いた。

「――ほ、本当にオリハルコンだ！　金とかプラチナもある……！　流石魔界祭だな……」

「こんなよく分からぬ塊にそんな価値があるのか？」

「価値大アリだよ！」

「ふーん。まあいい、とりあえずレインにやるのだ」

「その……今さらだけど本当にいいのか？」

「無論だ。好きに使うといい。我が持っていても宝の持ち腐れだからな」

ティアラはオリハルコンに興味を示さず、飽きたように視線を外した。どれだけこれらに価値があるとしても、ティアラからしてみればただの石。一キロあっても使い道に困る。それならば、有効活用できるレインが持つにふさわしい。

価値を知っているレインは何度もティアラに確認しているが、どれだけ聞かれたとしても返事が変わることはない。そもそも、レインのために参加したのだし、レインの仕事が捗《はかど》るだけでもティアラとしては上々だ。

「ありがとう。おかげさまで忙しくなりそうだ」

レインは希少なアイテムを収める前に、重さを量ったり傷がないかをチェックしたりする。念入りなチェックだが、特にこれといった問題は見当たらない。文句のつけようがない品質だ。これにはレインもテンションが上がる。

「レイン、何をしてるの？」

「取引相手のリストを確認してるんだ。きっと必要としてる人がいたはずだから」

「計量も品質のチェックも丁寧ですね」

「ここを適当にすると、相手に迷惑をかけることになるからな」

レインの真剣な眼差《まなざ》し。今手元にあるリストは合計十二冊。その中から、届けなくてはいけない存在を探していた。

レインが引き受けている依頼の数はとてつもなく多い。それこそ、分厚いリストを十六冊以上も作らないといけないほど。

店頭で表の仕事をしているレインは目にしたことがあるが、こういった裏の仕事を目にしたのは初めてかもしれない。レインがあれほど人間以外の種族相手でも人気があるのは、客のことを第一に考える誠実さがあるからだろうか。

考えれば考えるほど、自分たちがいかに表のレインしか知らなかったのかと気付く。

普段とは違った姿を見て、ティアラ、リリア、アルナはレインの仕事に興味を持つことになった。

「凄く丁寧な仕事ですけど、レインさんの負担が大きそうで心配です」

「確かに。冷静に考えたら、一人で抱えきれる仕事ではないのだ」

「お手伝いしてくれるパートナーとか欲しくないの？」

「うーん。まぁ、やっぱり一人だと大変だな。仕事を手伝ってくれて、もしもの時は俺を守ってくれるパートナーにはやっぱり憧れるよ」

「「「――!?」」」

レインのその一言を聞くと、三人の目の色が変わった。

仕事を手伝ってくれて、もしもの時はレインを守れる――その役割に、自分がピッタリではないのか。

ティアラも、リリアも、アルナも。ほとんど同時と言ってもいいタイミングで全く同じことを考える。

それと同時に、レインの隣で共に仕事をしながら暮らす生活を想像した。

あぁ、何と魅力的な毎日なのだろう。想像しただけでも笑みがこぼれそうなほど充実していそうだ。

これはもしかして、ずっとアプローチしてきた自分への「返事」と捉えてもいいのかも。

三人の妄想は頭の中で膨張し、レインが認めてくれたと都合よく結論づける。

(こうなったら、私もレインさんの仕事を手伝えるように勉強しないと……!)

(パートナーになるため、早くレインの仕事を覚えなければならぬな……)

(レインに色々教えてもらお)

三人の目に炎が宿る。レインの仕事は近くで見てきたが、自分が手伝えるレベルにあるかと言われたら少し微妙。正直なところ、足を引っ張ってしまいそうで自信がない。

　自分の実力不足でレインの足を引っ張ってしまうのは絶対に嫌だ。レインに見限られるのなんて以《もっ》ての外。パートナーとなるためには、自分の能力が一番の課題になってきそうである。

「ねぇ、アンタたち？　ティアラ？　もしもーし。急に考え込んじゃってどうしたのよ」

「……あ！　い、いえ、何でもありません……！」

「……気にしないで」

「すまない。ボーっとしてたのだ」

　急に喋らなくなった三人を心配したライカが、顔を近づけて意識を確認してくる。

　ついついレインのことだから考え過ぎてしまった。レインの前では恥ずかしい姿を晒《さら》さないようにしないと。

　三人は頑張って平静を装う。

「そうだ！　ネコちゃんはどこ！　ここにあるのは副賞でしょ？」

「知らん。別にどうでもいいのだ」

「どうでもよくなんてないわよ！　せめてこの目で見てから帰らないと――」

「――ティアラ様ー！　お待たせいたしました！」

　ライカがプンプンと怒っていると、タイミング良く闘技場のサキュバスが持ち運べるケージを抱えてやってくる。

　どうやら優勝賞品は別室で控えていたようだ。確かに、希少なアイテムと同じ部屋にするのは少々怖い。ライカが言わなければ、この猫のことなんて忘れて置いていってしまっただろう。

ライカは「見せて見せて！」と割り込むように顔を覗かせる。

「わー！　生で初めて見たわ！　魔物の五億倍可愛いわね！　ちゅちゅちゅ！」

「顔が気持ち悪くなっているぞ、ライカ」

「う、うっさいわね！　この子を大事にしなかったら、アンタぶっ飛ばすからね！」

「ペットなんて趣味じゃないのだ。そんなに欲しいならくれてやるぞ」

「…………はい？」

ライカは思考回路がショートしてしまったのか、普段なら絶対にしない間抜けな顔を見せる。

猫とティアラの顔を交互に何往復も。まだティアラの発言が飲み込めていない様子だ。

キョロキョロと辺りを見回して、ちゃんとティアラに目を合わせて、そしてやっと口を開く。

「……ほんと？」

「嘘などつくはずがない。別に我にとっては不要なものだしな」

「ティアラ、アンタってやつは……！　昔からずっとビッグになるって信じてたわ！」

「態度が変わりすぎなのだ」

ティアラはやれやれと呆れた表情。そして未練など欠片もなく、猫の入ったケージをライカに渡した。

念願の猫を引き取ることになったライカは、ケージごと抱きしめて愛情表現に忙しそうだ。人間界にいる猫とさほど変わりはない見た目だが、魔界の空気に耐えることができる選ばれし一匹らしい。

自分たちが言うまでもなく、ライカならしっかり育ててくれるだろう。

「ね！　ちょっとケージから出してみてもいい!?」

「勝手にするのだ」

「ああ～！　触り心地も最高すぎるぅ！」

ライカの性格からは信じられないほど丁寧にケージを開けると、両手で猫を支えて顔を狂ったように擦りつける。

猫は嫌がっているように見えるのだが、そんなことライカの愛の前には関係ない。

小麦色で耳が大きくて、少し細身。人間界ではどこにでもいる猫だが、改めてみるとやはり可愛らしい。

ライカの顔は緩み切って、涎《よだれ》がダラーっと垂れていた。

「はーーー！　よしよし！　暗くなる前に帰りましょーねー、コムギちゃん」

「もう名前までつけておるのか」

「良い名前でしょ？　早く帰ってコムギちゃんの餌とかも買いにいかないと」

ライカの行動力に驚きながらも、確かにそろそろ良い時間だなとレインはオレンジ色の空を見上げた。

魔界祭はまだ続くようだが、あまり遅い時間になってしまうと自分の身が危ない。いくらティアラたちがいるからといって、魔物に襲われない保証なんてないのだから。

夜になってから、どんな催しがあるのか気になるところではあるが、ティアラの雄姿を見れただけでも今日は満足だ。それに、レインも仕事の準備に早く取り掛かりたい。

「そんじゃ、アタシは帰るわね！　ティアラありがと！」

「……俺たちも解散にするか。ミント女王はまだいるんですか？」

「そうだね。もうちょっといることにしようかな。今日は楽しかったよ」

「分かりました。また近いうちにそちらに顔を出しますね」

「あ！　そうそう、レインに言いたいことがあったんだった！」

　ミントは何かを思い出したようで、ピンと人差し指を立てる。

「人間界から引っ越してきたエルという子がいただろう？　確か君の弟子だったと認識しているが、彼女の働きが素晴らしくてね。今や市場の人気者さ。彼女の拠点に我が国を選んでくれて感謝しているよ」

　ミントの伝えたかったこと――それはレインの弟子であるエルのことだった。

　エルはまだ若くて経験も少ない商人の見習い。レインが売国奴の汚名を着せられたことによって、弟子であるエルにまで危害が及ぶ可能性があった。それを避けたかったレインは、何か大変なことが起こる前にエルを人間界から連れ出した。

　今はミントが統治するエルフの国で働いている。魔界の中では比較的安全で、大きな市場がある理想的な場所だ。

　順調に過ごしているだろうかと心配することもあったが、ミントの報告を聞いて急に肩の力が抜けた気がする。またエルと再会する日が楽しみだ。

「安心しました。人間界を出るのは初めてだったので、心配してたから……」

「その心配は杞憂《きゆう》だったようだね。今はバリバリ仕事をこなしてるよ。レインと比べても劣らないんじゃないかな？」

「ハハハ。それなら良かったです。エルはいつか俺を超えると思いますよ」

「そうなると面白いね。まぁ、それはもうちょっと先のことになりそうだけど」

ミントもレインにつられてハハハと笑う。

エルがどこまで商人として成長するのか。それはエル自身にも分からないことだ。

ミントとしては、レインのようになってくれたら嬉しいところ。だが、期待しすぎてエルにプレッシャーを与えてしまっては本末転倒である。周りを気にせず伸び伸びと育ってくれるよう、ミントは黙って見守ることに決めていた。

「と、いうことでお別れだ。また会おうじゃないか、レイン」

「はい。今日はありがとうございました。ライカもまたな」

「はいはーい。じゃね！」

ライカは部屋を出ると、コムギちゃんと共に家がある方角へ。ミントは何だか賑やかな方角へ。

二人とも満足そうにしながら闘技場を離れることになる。

この場には、レインといつもの三人が残された。

「それじゃあお開きとするか」


「ああ。三人とも、今日はありがとう。かなり楽しめたよ」

「いえいえ！　それなら良かったです！」

「意外な奴にも会えたしな」

「また来れるといいね」

今日楽しかったことをみんなで語りながらの帰り道。レインを真ん中にして、その隣をティアラとリリアで挟み、正面にはアルナが先導するように歩いている。この画《え》だけ切り取ると兄妹姉妹みたいだ。

楽しんだ思い出はたくさんあるが、どんな催しものよりもこういった時間の方が実は好きだったりする。

最初は不安なこともあったが、振り返ってみればとても充実した一日だった。これもティアラ、リリア、アルナがいてくれたからこそだろう。

魔界に来てからずっとお世話になりっぱなしであるため、いつかこの三人には恩を返さなくてはいけない。そして、この三人の近くにいても恥ずかしくないような男にならないといけない。

レインの心に闘志のようなものが宿った。

……それと同時に、三人にも宿ったものがある。

より、レインを身近でサポートするという意志だ。


「レイン。明日、何か用事はあるか？」

「えっと、レインさん！　明後日《あさって》の予定はもう決まっていますか！」

「ねぇ、明々後日《しあさって》はアルナと一緒ね」

三人の目には、やる気と情熱が満ち溢れていたのだった。

第二章　ティアラとのデート

魔界祭が終了したのが昨日のこと。引き続き今日も素晴らしい晴天だ。昨日の楽しい思い出は体が覚えているし、それと同じくらい疲れも覚えている。

だが、レインに疲れたと言っている暇はない。昨日の帰り際に、ティアラ、リリア、アルナと約束事をしてしまったのだ。詳しい話は特に聞いていないが、とりあえずスケジュールを確保されたという形である。今日と明日と明後日《あさって》、三日連続で一人ずつと過ごす予定になった。

というわけで今日はティアラと過ごす日。現在拠点として使わせてもらっているアルナの魔王城の前が待ち合わせ場所だ。昼を過ぎた頃にはティアラが迎えにきてくれるようなので、レインは彼女の到着を空を眺めながら待っていた。

ただ、約束の時間になってもティアラは来ない。ティアラがここに来るとしたら、ドラゴン状態で飛んでくるはず。あれだけ大きいドラゴンが現れたら離れていても気が付きそうだが……。

「おい。どこを見ているのだ」

レインがじっと遠方の空を見ながら待っていると、思ったよりも近い距離でティアラの声がした。

レインは慌ててその声の方向に向き直す。そこにいたのは、もちろん言うまでもなくティアラだ。

「空に何か浮かんでいるのか？　熱心に視線を向けておったが」

「い、いや、ティアラは飛んでくるのかなと思ってさ……もしかして飛ばずにきたのか？」

「そうだ。レインを乗せた後でバテてしまうのは嫌だったのでな。おかげで体力は温存できたぞ」

ティアラは人型の状態からドラゴンの姿に変身することができる。ただ、ドラゴンの姿をキープするのにもエネルギーは必要であり、その状態で飛行するとなったら莫大なエネルギーを消費しないといけない。

レインを乗せた状態でスタミナ切れの情けない姿を見せたくなかったため、エネルギーを必要としない人型の状態でティアラは現れることになった。

「レインはどこか行きたいところはあるか？　なければ我の気まぐれに付き合ってもらうが」

「ティアラに任せるよ。誘ってくれたのもティアラだしな」

「そうか。それならエスコートしてやるのだ。個人的に行きたいところがあるからな」

レインは少し考えたが、行先をティアラに委ねることにした。ティアラの希望があるのならそれについていくつもりだ。

今日という日はティアラが用意してくれた機会。主役はもちろんティアラである。

「ちなみに行きたいところってどこだ？　俺も行ったことがあるところか？」

「行ってみれば分かる。レインはよく知っているところだと思うぞ」

「俺がよく知ってるところ？」

「ヒントはなー、竜人族とも仲がいい。あと……強い。到着するまでに当ててみるのだ」

ティアラはそう言うと、紅いドラゴンの姿に変身する。

身体《からだ》は十倍以上大きくなり、どんな武器の攻撃も弾《はじ》くことができそうな鱗《うろこ》に包まれる。普通なら腰を抜かしてしまいそうな大変身だが、一々こんなことで驚いていたらティアラとは過ごしていけない。レインはもう慣れたように背中に乗った。

レインがしっかり掴《つか》まったことを確認すると、ティアラはバランスを崩して落とさないよう慎重に飛び始める。

目的地に着くまでの時間で、どこに向かっているのかを当ててみろとのことだが、正直に言ってそんなことを考える余裕なんてない。……正解は目で見て確認することにしよう。

『今日は雨が降らなくて助かったのだ。雨が降っていたらエネルギー五割増しだからな』

ハッハッハとドラゴン状態の太い声で笑いながら、ティアラはスイスイと空を舞う。

どうしてティアラがこんなに上機嫌なのか、レインは不思議がりながら硬い鱗に掴まっていたのだった。

『ここだ。やはり目立つな』

「え？　ここって……巨人族の集落だよな」

ティアラが連れてきてくれたのは、レインも何回か訪れたことがある巨人族の集落だった。最後に訪れたのは随分昔であり、レアな鉱石などに興味を持っていた気がする。岩をくり抜いた住居が特徴的で、集落にある全てのものがとにかくデカい。

ドラゴン状態のティアラと比べても劣らないくらいのサイズだ。ティアラは住居を潰さないように、何もないところに器用に着地した。

『降りろ、レイン。着いたぞ』

「あ、ありがとう」

レインはピョンとティアラの背中から降りる。これでも意外と高さはあるため、しっかり着地しないと足を怪我《けが》しそうだ。

「――よし。やはり人型の方が落ち着くな」

レインが降りたことを確認すると、ティアラは縮むようにしてドラゴン状態から人型に戻る。ティアラとしても人型の方が気に入っているようで、うーんと背伸びをしながら解放された気分を味わっていた。

それにしても、連れてこられたのはいいが何の目的でここに来たのだろうか。あまりティアラと関連性がない場所のように思えるが……レインが不思議に思っていたら、自分たちの存在に気付いた巨人がドシンドシンとやってくる。

『レイン君にティアラさん、どういった御用でしょう』

五メートルは下らない巨人が、膝をついて顔を近づけてきた。この巨人（名前は確かモーグリー氏）とは何回か顔を合わせたことがあるが、やはり毎回怯《ひる》んでしまうくらいに迫力が凄《すご》い。衣服も何となく山賊をイメージする毛皮のものであり、ティアラとかアルナとはまた違った威圧感だ。

こんな図体をしているのに、言葉遣いはやけに丁寧なところが恐ろしさを増している気もする。声はビックリするくらい低いし、怒らせたら本当に怖そうである。

「借りていた魔道具を返しにきたのだ。レインはその付き添いだ」

『そうですか。何か大変なことがあったのかと思いました。ゆっくりしていってください』

「そうさせてもらう。行くぞ、レイン」

レインはティアラに手を引かれて、集落の内部にどんどん歩いていく。ティアラが言うには、巨人族に魔道具を借りていたから返すために来たとのこと。

まさかティアラと巨人族がそんな仲とは思わなかった。特にティアラはあまり友好関係が広くないため、余計に驚いてしまう。

「どんな魔道具を借りていたんだ？」

「魔力をストックできる瓶だ。魔力を使い果たしてもすぐに回復できるように貸してもらっていたが、如何《いかん》せんストックできる魔力量が少なくてな。大して回復に使えなかったから返しにきたのだ」

「へぇ、よく貸してもらえたな。ティアラにはそういう友好的なイメージがなかったけど」

「失礼な。我は温厚で友好的だ！　それに、元々巨人族と竜人族は関わりがあって仲が良い。中には巨人と結婚する竜人もいるぞ。人間が無駄に閉鎖的なだけなのだ」

「え、そうなのか⁉　そんなに関係が深かったんだ」

ティアラは自分の交流の深さを自慢するように胸を張る。

「もしかしたら、ティアラも巨人族と結婚とかするのかな」

「ばっ、馬鹿《ばか》なことを言うな！　そんなつもりなど毛頭ないからな！」

ティアラは珍しく顔を赤くして反論した。よっぽど心外なことを言われたらしい。こんなに過剰な反応をすると思っていなかったため、レイン本人が一番ビックリしていた。

「ったく。変なことをぬかしおって。さっさと行くぞ」

「ご、ごめん」

冷静になったティアラは、取り乱したことを後悔しながらレインの前を歩く。こういう鈍いところがレインの唯一ダメなところだ。将来変な女に酷《ひど》いことをされないか少し心配である。そんなことが起きないように、自分が傍《そば》にいて悪い虫を追い払ってやらないと。ティアラはもう一度大きなため息をついた。

「魔道具職人ライオはレインも知っているよな？」

「もちろん。何回かお世話になったことがあるよ。あの人の技術は今まで見てきた中でもトップレベルだし。……まさか、あの人から借りてたのか？」

魔道具職人ライオの名は、当然レインも知っていた。ライオが作る魔道具は、他の職人と比べても質が圧倒的に良い。他の種族より魔道具に込められる魔力が多い巨人族の中でも、ライオが込められる魔力は群を抜いている。

レインも何度か対面したことがあるが、職人特有の空気感というか、巨人族特有の威圧感みたいなものであまり会話が弾まなかった。そもそも、ライオ自身あまり会話が好きそうな様子ではなく、基本的に彼から喋《しゃべ》ることはない。孤独を愛する職人というイメージだ。

「そうだ。ライオ爺《じい》とは旧知の仲だからな。我がまだ子どもの時にはたくさん飯を食わせてもらったのだ」

「子どもの時から!?　それはまた……長い付き合いだな。親みたいなものなのか？」

「……親というのはしっくりこないな。祖父というべきか。とにかく可愛《かわい》がってくれたのだ」

彼のことを「ライオ爺」と呼び、親しんでいるティアラ。こんなところでティアラの意外な過去を知ることになった。ティアラが子どもの時というと、かなり昔のことに思えるが……そんなレベルで深い付き合いだったらしい。

そういえば、ライオは五百年以上現役で魔道具職人をしているという噂《うわさ》を聞いたことがあるが、信憑性《しんぴょうせい》がグンと増した気がした。

「ライオさんにそんなイメージはなかったよ。悪い人じゃないのは分かるけど、子どもとか苦手そうだったから」

「そうか？　確かに見た目はちょっと厳《いか》ついが、よく喋るし面白い爺さんだぞ？」

「え？　い、いや、俺の記憶じゃそんな人じゃなかったような……よく喋るとは真逆だと思うけど」

レインとティアラの中で、ライオという巨人の人物像が驚くほど乖離《かいり》していた。

レインの中では、職人気質《かたぎ》の気難しそうな性格で、自分からは絶対に喋らない男。

ティアラの中では、優しくて面倒見が良くて、そしてよく喋る。

まるで別人である。

もちろん子どもの時からの付き合いであるティアラの情報が正しいと思いたいが、全て本当だと信じるにはちょっとキャラが違いすぎた。

レインは「おかしいなー」と頭を掻《か》きつつ、ティアラの後ろをついていく。

今自分たちが向かっているのは、話中の人物であるライオの作業場。ここで論じるよりも、この目で見た方が早い。

少し歩いて、やっと高さ十メートルはあろう扉の前に立った。

「たのもー！　来てやったのだ！」

ティアラは扉の前で深く息を吸うと、デカい声と共にデカすぎる扉を蹴って豪快に開ける。

今回はギリギリ壊れなかったが、次同じことをしたら大変なことになりそうだ。扉が重くなければ代わりにレインが開けることもできたが……次はティアラの良心を信じるしかない。

「ほら、レインもライオ爺を呼ぶのだ」

「え、えぇ……あ、あのー、すみませーん」

ティアラに背中を叩《たた》かれ、レインは申し訳程度にライオを呼んでみる。

別にレインとライオはそこまで友好的な関係というわけではない。当たり前だが、ティアラみたいな距離感で話せる仲でもない。

たまたま留守にしてないかなぁ——という望みをかけるが、無情にも奥からドシンドシンという足音が聞こえてきた。

『…………誰だ』

「あ、えっと、レインです。過去に何度かお会いしたことがあります」

『貴様か。今は忙しい。帰ってくれ』

ライオは他の巨人よりも一際低い声で一蹴する。

作業場の中は暗い。壁にかけられている道具は、恐らく魔道具を製作する時に使うものだろうが、何だか雰囲気のせいで拷問器具みたいに見えてくる。その流れで、作業台らしき大きな机も相手を縛りつけておくための台を連想するというか。

ライオの表情もよく見えないため、余計に恐ろしさが際立っていた。

それに、何だか今日は機嫌が悪そうだ。正直に言ってタイミングを間違ってしまったかも。

レインはティアラに出直さないかと提案するため振り返った。

「な、なぁ、ティアラ。これってタイミングを改めた方が……」

「うーむ、忙しいなら仕方ない。ライオ爺、出直すのだ」

『ん？　え？　あ、ティ、ティアラ？　そこにいるのはティアラか？』

ライオは、ティアラの声と姿を確認すると、膝をついてジロジロと顔を近づけてくる。

声も一オクターブ上がったような気がした。

「そうだ、ティアラだ。久しぶりだな、ライオ爺」

『おぉ……少し見ない間にまた大きくなったな！　来るならちゃんと来るって教えてほしかったぞ！　どうだ、ちゃんと飯は食っているか？　嫌なことがあったらいつでもここに帰ってきていいからな！』

ライオは饒舌《じょうぜつ》に、さっきまでの雰囲気をぶち壊して再会を喜ぶ。そして、レインの身長くらいありそうな人差し指で、ティアラの頭を傷つけないように慎重に撫《な》でていた。

何というか、人間がネズミとかリスみたいな小動物を愛《め》でる時に似ている気がする。

「忙しいのではなかったのか？」

『何を言うか！　ティアラが久しぶりに来たのに仕事なんてしてられん！』

「そうか。今日は借りていた魔道具を返しにきたのだ。これ」

『ん？　あー、魔力ストック用の瓶か。いつでも魔力を回復できるように作ったが……駄目だったのか？』

「ストックできる魔力量が少なすぎたのだ。それ以外は特に悪くなかったぞ」

ティアラは今日来た目的でもある魔道具をライオに返した。ライオは少し残念そうにしていたが、ティアラに会えたという理由ですぐに気を取り直す。血縁関係がないのに親馬鹿とはおかしな感じだが、ここまでくるとそうとしか捉えられない。

まさかあの魔道具職人ライオにこんな一面があったとは。こんな風にデレデレするのは、きっとティアラの前だけであろう。

ライオとしては、ティアラのことを本当に娘として可愛がっているのかもしれない。

「それじゃあ、もう返し終わったし、どこかの店でも寄ってみるか？　レイン」

『ちょ、ティアラ！　せっかく来たのにもう行くのか!?　もっと話したいこととかあるんじゃないのか!?』

「いや、別にないのだが……レインもこんな魔道具しかないところに長居したくないだろ？」

目的を達成して、さっさと他の巨人たちの方に行こうとするティアラを、ライオは慌てて懇願するように止めた。

ライオとしては一秒でも長くティアラと話をしていたいのだが、残念なことにティアラは全くそんな雰囲気を出していない。むしろ、早くこの作業場から出て日の光を浴びたいと言いたげだ。

……こうなったら。ライオは狙いをティアラではなく隣にいるレインにチェンジする。

『君、この前魔道具を見にきた商人だったな。これらは儂《わし》が作った最新作だ。興味ないかね？』

「あ、興味あります！　ぜひ拝見させてください！」

ライオは棚から様々な魔道具を並べる。巨人が作ったと言っても、全然人間でも持ち運ぶことができるサイズだ。

こんな巨体をしているのに、意外と手先が器用な者が多い。ライオが作る魔道具は、コンパクトさも重視されていることが分かる。

「凄い……魔道具に込められてる魔力が桁違いだ」

「そんなに凄いものなのか？」

「めちゃくちゃ凄いよ。どれだけ歩いても疲れない靴とか、絶対に枯れない花瓶とか。もし中央地に持っていったら、莫大《ばくだい》な値がつくぞ」

『フフ、今回は特別に十個好きなのを持っていっても構わん。じっくり選ぶんだぞ！』

「ほ、本当ですか!?」

ライオの普通ではない提案に、レインは困惑しながらもしっかり食いつく。

一瞬だけ冗談ではないかとも危惧したが、ライオは「案ずるな」と言わんばかりに、箱の中に入っていたたくさんの魔道具をジャララとレインの前に零《こぼ》すようにして並べた。

合計で軽く百個は超えている。この中から十個も選べるなんて、まるで夢のようだ。

『しかし、真剣に選ぶとなるとちょっと時間がかかるかもしれんなぁ。君は長居しても大丈夫かね？』

「俺はもちろん大丈夫です！　……ティアラは先に出ておくか？」

「いや、レインと一緒にいるのだ」

ライオはグッと拳を握った。人間の商人にしてはこれ以上ないほどの活躍だ。これでティアラを引き留めることができる。

これほどの数から選ぶとなると一時間以上は確定と見ていい。ライオはティアラのために座布団を用意した。

ここからは、普段絶対に見せないライオのマシンガントークが始まることになる。


「今日はありがとうございました！」

じっくり魔道具を選ぶこと二時間。レインは、百個以上の中から十個の素晴らしい魔道具を選び抜いた。

しかもこれらをタダで持っていっていいというのだから、お得なんて言葉では言い表せない。

巨人族の懐の深さを知ることになった二時間である。

あとは譲ってもらったこの魔道具たちを、本当に必要としている人のところに届けるのがレインの仕事だ。

『うむ。また来たまえ。ティアラもな』

「気が向いたら来るのだ。……もう当分は遠慮しておくが」

ライオのお喋りに付き合わされたティアラは、少し疲れた様子で自分の肩を揉《も》んでいた。

魔道具に夢中になっていたレインは気付かなかったが、二人は二時間ずっと話していた気がする。疲れてしまうのも無理はない。

ティアラはもう嫌だと言わんばかりに、作業場の扉を閉めた。

やっとライオから解放されたため、ティアラはふぅとため息をこぼす。

もう日が暮れ始めていた。この時期は日が落ちるのが早い。あっという間に一日が終わってしまった気分である。

「レイン、これからどうしたい？」

「そうだな。そろそろ日が暮れそうだから……今日はこの集落の宿屋に泊まろうかな」

ただ——と、レインは付け加える。

「明日はリリアとの約束があるから、早起きしないとな」

「…………レイン」

リリアの名前を出した瞬間に、ティアラの空気がガラッと変わった。何かマズいことを言ってしまったのか。怒っているという雰囲気ではないが、何だかいつもと違う。冷静だけど冷静じゃない。

二人の間に沈黙が続いた。

ティアラが何か言いたげであるため、レインからは口を開かずに彼女の次の言葉を待つ。

「実は……今日ここに来たのは、借りものを返しにきたからだけではないのだ」

「え？」

「……ち、近くに思い入れの強い場所がある。少し飛ぶことにはなるが。そ、それに、素晴らしい絶景もあるのだ。レインも気に入ると思うし、我としても一緒に見たいと思っているのだが……な？」

ティアラは覚悟を決めたように息を呑《の》むと、いつもとは違ってたどたどしく提案を始める。言っていることにおかしな箇所はないのだが、それにしてはやけに緊張しているように感じた。

普段なら「大人しくついてこい」と言って、強引にレインを連れていきそうなものなのだが……今のティアラはやけに慎重だ。一世一代の告白をしているような雰囲気である。

レインがどうしようかと考えていると――

「ダ、ダメ……か？」

ティアラは上目遣いでレインを見た。

その視線は弱弱しく、断ったらとてつもない罪悪感に苛《さいな》まれそうだ。ドラゴンというよりは小動物といっていい可愛さがある。

こんな風に見られたら、レインの取るべき選択肢はただ一つ。

「ダメじゃない。行ってみたいよ」

「ほ、本当か！　よし、ついてくるのだ！」

さっきまで不安げだった表情が、レインの一言によって一気に明るくなる。

いつものティアラに戻ってくれたようだ。あんな姿を拝むのは初めてだったため、戻ってくれて正直安心した。

やっぱりレインとしても、こっちの自信満々で引っ張ってくれるティアラの方がいい。

ティアラはレインを運ぶために、昼の時のようにドラゴンの姿にへと変身する。

『ちゃんと乗れたか？　では飛ぶぞ』

ティアラは慣れたように、レインを乗せて羽ばたいたのだった。

「完全に初めて見る地域だ……こんなところがあったのか」

『ド田舎だからな。普通なら、こんな辺鄙《へんぴ》な地域には誰も来ぬ』

二人が飛んでいる地域は、名前すらついていないような田舎。魔界に住んでいる者だとしても、何か本当に特別な理由がない限りこんなところには訪れない。とにかく本当に静かだ。

何となくであるが、ティアラには似合わない地域と思えた。

わざわざ自分をこんなところに連れてきた理由はなんだろう。レインは考えるが、何も頭に浮かんでこない。

『そろそろ見えてくるはずだ。まだ残っていたらな』

「残っていたら……？」

『――あった。降りるぞ』

ティアラは何かを見つけると、目的に向かって急降下した。レインはしっかり掴まって、身体の重心を低くし風の抵抗を受けないようにする。もう手慣れた一連の動作だ。

着地する瞬間にティアラは一度フワッと羽ばたき、衝撃でレインが怪我をしないように地に足をつける。

ここは……村？

いや、村といってもこぢんまりとした家が何軒か建っているだけ――というか、あるだけ。

さっきまでいた巨人族の集落に比べたら、規模も何もかもお粗末なものだ。

それに、見たところ誰も住んでいないように思える。人の気配も全くしない。果たしてこれは村と呼んでいいのだろうか。

「ティ、ティアラ。ここは何だ……？　思い入れが強いって言ってたけど」

「もちろん思い入れがある。だって、ここは我が生まれ育った場所だからな」

「生まれ……育った？　ここで？」

「つまるところ故郷だ。もう誰も住んでいないがな」

ティアラは村の真ん中で両手を広げた。

正直、ティアラがこの小さな村で育った過去が想像できない。

てっきりティアラは、もっと魔界の中心的な場所で、数え切れないくらいの竜人に囲まれながら、何不自由ない悠々自適な生活をしていたと勝手に思っていた。

それが実際は名前もついていないような田舎の村で、数人の竜人のもと、苦労して育ったことが窺《うかが》える。

「まさかこんな村で過ごしていたとは——って驚いただろ？」

「う、うん。ごめん」

「謝る必要はない。むしろそれは我にとって褒《ほ》め言葉だ。こんな村出身でも頂点になれると証明できたのだからな」

ククと浮かべる笑み。ティアラは自分の出身地をコンプレックスと思っていない様子だ。

まぁ、ティアラがそんな小さいことを気にするとはレインも思っていない。むしろ、彼女ならモチベーションに変えてしまうだろう。

これに関しては意外でも何でもなかった。

「でも……誰も住んでいないのはどうしてだ？　もしかして、他の村に移り住んだとか？」

「いや、全員死んだからだ」

「へ、ちょっと待ってくれ。し、死んだって――」

「正確に言うと殺された、だな」

何気なく聞いたレインの一言だったが、これは明らかなミスだった。このボロボロの廃村状態になっている姿を見て察することもできたはずなのに……考えが足りなかった。

「我が子どもの頃。この村は違う竜人の村と争っていてな。最終的に負けてしまったのだ」

「……ティアラは無事だったのか？」

「我も死にかけていたが、どうにか息を吹き返したような気がする。が、実際あまり覚えていないのだ。昔から生命力は凄かったらしい」

今まで語られなかったティアラの過去。この機会がなかったら、レインは一生聞くことがなかったかもしれない。人間と同じように、竜人にも同種族同士での争いは存在するようだ。

レインとしては、ティアラが生き延びてくれていたことに感謝しかなかった。

「その日から我は一人で生きることになってな。どうにか強くなろうと努力したものだ。今では良い思い出だな」

「ずっと一人って凄いな……」

「ま、ライオ爺のように気にかけてくれる者はいたがな。渡る世間に鬼はないのかもしれぬ」

ライオとの関係はそこから生まれたのか――とレインは納得する。そんな過去があったのなら、ライオがティアラに会いたがっているのも分かる気がした。本当に自分の娘のようなものだ。

「ティアラが強い理由が分かったよ」

「そうだろう？　敗北が人を強くさせるのだ」

そう言うと、ティアラはどこかに隠していた花を一つの家の前に捧げる。この行動から察するに、ここが昔住んでいたティアラの家なのだろう。ところどころ崩れているが、年月が経《た》っている割には綺麗《きれい》に思える。まるで誰かが手を加えているような――。

「ティアラはよくここに戻ってくるのか？」

「一応数年に一回はここに戻ってくるようにしているのだ。戒め――というやつか。まあ墓参りともいう」

ティアラは家に生えている草などを軽く掃除する。今は誰も住んでいない家といえど、元々両親と住んでいた思い出のある場所。気持ちだけでも綺麗に残しておきたいようだ。こういった感情は竜人も人間も大きく変わらない。

「レインをここに連れてきたのは、父と母に顔を見せるためだ」

ティアラはちょいちょいとレインを近くに呼ぶ。

「顔を見せる？」

ティアラはレインの肩を掴むと、一緒に膝を曲げてしゃがんだ。

よく見ないと気付かなかったが、足元には何個かの石を積み上げたものがある。どうやらこれが墓ということらしい。

「いずれパートナーになる男なのだ。紹介しておくのは礼儀であろう。何か言ってみろ」

「え、あ、よろしくお願いします……」

「うむ、まあそれでいいか。我が一族に恥じぬ男にしてやろう」

ティアラはレインの頭をポンと叩く。レインより何十倍も男らしい貫禄《かんろく》。

果たしてティアラに見合うような男になれるのだろうか。今はまだ力強く頷《うなず》けないが……自分が納得できるまで頑張るだけだ。

「というわけで挨拶も終わったな。それじゃあ丘まで走るぞ」

「お、丘？　どうして急に」

「最初に言ったであろう。絶景を見せてやると。ここから距離は遠くない。ドラゴン状態になるまでもないのだ」

　ティアラの過去が衝撃的すぎて忘れていたが、確かに絶景もあると言っていた気がする。彼女がここまで褒めるとは、それはそれは相当な絶景だと窺《うかが》えた。

　それに、ここから遠く離れてもいないようだ。ティアラはドラゴンの姿にあえてならない。その代わりに、レインをおんぶしての移動方法にするらしい。どちらにせよ、レインがティアラの背中に掴まることは変わらなかった。

　レインがティアラの肩をしっかり掴むと、ティアラは思いっきり膝を曲げて大きく上に飛んだ。

　ジャンプして着地、ジャンプして着地を繰り返し、どんどん丘に向かっていく。短距離に限っていえば、こちらの方が早いのではないかと思えるくらいに一歩一歩が大きい。それに、レインとしてもこちらの方が落ちにくくて安心だ。

　そうこうしていると、あっという間に丘の上に到着してしまった。

「――やはり何度見ても素晴らしいな。レイン、上を見てみろ」

「上？　……おぉ、綺麗な星空だな。人間界で見るのとは全然違う」

　早速ティアラに言われて、レインは無限に広がる星空を見た。無駄な光が周りにないせいか、

星がより一層輝いて見える。

　ここがティアラの大切にしていた場所。故郷は変わり果ててしまったが、この場所と景色だけは何一つ変わっていない。

　いつも故郷に戻ってきた時には、絶対に訪れる場所。ティアラはこれをどうしてもレインに見せたかったのだった。

「我は子どもの時からずっとこの景色が好きだったのだ」

「この景色はお金じゃ絶対に買えないな」

「……クク、確かに。どんな商人でも無理だ」

　レインらしくないセリフに、ティアラは堪《こら》えきれず笑った。自分でも、今考えたら恥ずかしいセリフだったかもしれない。この星空がレインをロマンチックな気持ちに変えてしまったせいだ。

「竜人族にとって、星というのは結構意味のあるものなのだ。共に星空の下で将来を誓い合った男女は幸せになるという逸話もある。……いや、我はそんなに信じておらぬがな？」

「人間界にもそんな逸話があった気がするな。俺は結構信じるタイプだよ」

「……そうか。そういうタイプなのか」

　レインに釣られて、ティアラも柄でもないことを言ってしまった。逸話を実践でもしてやろうかと思ったが、顔が赤くなるだけで言葉は何も出てこない。

　こんなことでは、いつか誰かにレインを取られてしまいそうだ。

　ティアラは、魔界祭の時にリリアやアルナと仲良さげに喋っていたレインを思い出した。きっとあの二人もレインのことをただの人間とは思っていない。女の勘というやつだ。

自分の方がレインのことをよく知っているはずなのに。レインだけは絶対に譲りたくない。レインと出会うまでは抱いたことすらなかった感情だ。

「レイン、まだ我とパートナーになる気はないのか？」

「……まだティアラに相応《ふさわ》しいとは言えないから。俺がもっと商人として成長してからじゃないと、ティアラに迷惑をかけることになる」

ティアラはムッとした表情を見せる。レインの言い分はいつもこうだ。レインの実力はとっくのとうに認めているというのに、レインは自分の能力をイマイチ評価していない。それだけ伸び代があるとも捉えられるのだが……。

「そうか。それならレインが納得するまで隣で待つとしよう。何年でも何十年でもな」

ティアラは言いたいことを噛《か》み締めて、レインに少しだけ圧をかけた。

何十年でも待つ――というのはもちろん嘘《うそ》だ。というか、正直そんなに待てない。

だからティアラは考えた。レインをずっと隣でサポートし、仕事を見届けてやろう。そうしたら、レインも実力不足などとは言いにくくなるはず。

それに加えて、ティアラ自身の価値もレインにアピールすることができる。メインの目的はこっちだ。

自分がいることで、どれだけ仕事がやりやすくなるのか見せてやりたい。

……まぁ、最初は仕事を覚えていないため、ドラゴン状態でレインを運ぶ係になりそうだが。

それでもティアラはやる気に満《み》ち溢《あふ》れていた。

「あ」

ここでティアラは思いついた。

（レインを殺そうと追っている人間たちを潰せば、のびのび仕事ができるようになるはずだ。きっとレインも喜ぶに違いないな）

レインの邪魔をする人間。こいつらがいなくなれば、レインはもっと成長できる。結果的にパートナーになる時期も早まるはずだ。

こうなったら、するべきことは一つ。

レインにサプライズとして「自由」をプレゼントしてやろう。

第三章 リリアとのデート

魔界祭終了後二日目。今日のレインは、吸血姫《きゅうけつき》リリアと過ごす約束をしている。昨日は竜姫《りゅうき》と過ごして、今日は吸血姫、明日は魔王と過ごす予定だ。今考えてみたら、濃密過ぎて頭が痛くなりそうな三日間である。普段何気なく会っている存在だが、彼女たちは一回話したことがあるだけでも一生自慢できる存在なのだ。レインはいつも会う前に「凄《すご》いよなぁ」と考える。

というわけで、レインはリリアに会うために魔界の中央地に来ていた。ティアラの故郷とは打って変わって、活気があって人が多くてとにかくデカい場所。田舎と都会という表現がピッタリだろう。

レインも人間界を追放される前からよく足を運んでいた。

ここは人通りも多く、商売には打ってつけの場所。それと同時に、リリアに初めて出会った場所でもある。どうしてリリアがこの場所を待ち合わせとして選んだのかは分からないが、何か狙いがあるのは分かる。

「危ない危ない。時間には間に合ったな……ティアラには後でお礼を言わないと」

レインは少し息を切らしながら、中央地の大地を踏みしめた。とりあえずは予定時刻に間に合ったことに安堵《あんど》する。

昨日ティアラと星空を見た後、疲れが溜まっていたのかレインはその場で寝てしまったらしい。

流石《さすが》にティアラも野宿は嫌だったようで、巨人族の集落の宿に泊まり、朝起きたらギリギリの時間だった。毎度のことながら、ティアラの翼には感謝しかない。ティアラの長距離移動能力は唯一無二だ。

「あれ……？　リリアはまだ来てないのか。珍しいな。リリアなら一時間前くらいからスタンバイしてそうだけど」

レインはキョロキョロと辺りを見回す。集合場所も、中央地の噴水前だから間違っていないはず。リリアが遅刻なんてしたのいつぶりだろう。記憶にないということは、今回が初めての遅刻なのかも。もちろんレインは怒ることなく、逆に待たせていなくて良かったという気持ちになった。

「ん？　――うわっ！　ビックリした！　リ、リリアのコウモリ？」

後ろから肩をチョンチョンと叩《たた》かれて、何かがレインの頭の上にのる。

頭の上でモゾモゾしているものが何なのか、レインが確認するよりも先にフワッと手の上に降りてきた。

これはいつもリリアの近くにいるコウモリ。その口には、一つの手紙が咥《くわ》えられている。恐らくリリアからのメッセージだ。

レインはコウモリからそれを受け取って、手紙に書かれてある内容を見た。

『すみません、レインさん！　到着が少し遅れそうです！　お昼頃になりそうなので、お仕事をしていただいても大丈夫です！』

リリアは少し遅れてくるらしい。何か面倒なことに巻き込まれてしまったのだろうか。リリア

の身が無事であればいいのだが、レインには確認する術《すべ》がないためただ祈るしかなかった。

　それに、昼頃となると少々時間がある。リリアの言う通り、今から仕事をすれば丁度良い時間帯だ。今日は特に客も多そうだし、何もすることがないならお言葉に甘えるとしよう。

　レインは空いたスペースを見つけると、空間魔法で商品と机を取り出し簡易的な店を構える。

　そうするだけで、周囲はもうすぐに人だかりだ。

　あっという間に商品が売れ始める。一種の祭りのようなものだった。


「……レインさん、やっぱり凄い」

　そんな様子を、遠目から観察する者が一人。帽子やサングラスなどで変装しているが、綺麗《きれい》な銀髪はいつも通り輝いていた。
　そう――リリアだ。

「仕事は見て覚えようと思っていましたが……ここまでくると参考にならないですね」


　リリアはレインの仕事をじーっと観察する。これでレインの仕事を覚えようという寸法だ。

　近くで見習いから始めた方が効率的にも思えるが、それだとレインが遠慮してしまう可能性がある。いや、レインのことだ。もしリリアがミスをしたとしても、本人に気付かれないように裏で解決してしまうだろう。それに、何の知識もないまま手伝いをするのもリリアとしては嫌だ。

　今は事前知識を深める段階である。

　リリアは一日でも早くレインの仕事を手伝えるようにならないといけない。

　しかし、焦るのは禁物だ。ゆっくり一歩ずつ成長していくのが一番の近道なのだから。


「……それにしても、女性客が多いですね。宝石を並べているから当然ではありますが」

レインの周りに集まっている七割が女性ということに気付く。その中には、レインと仲良さげに話している客もいて少しだけムッとした。もちろん今日はたまたま女性が多い日なのかもしれない。置いている商品によって客層が変わるのは当たり前のことだ。理屈ではちゃんと分かっているのだが、リリアの心にはモヤモヤとしたものがあった。

魔界祭の時だってそうだ。ティアラやアルナがレインと仲睦《むつ》まじく話しているのを見て……嫌だった。

自分がレインの友好関係に何か言う資格なんてないと理解はしている。それに、レインだって仕事だ。これからも他の女性と関わることなんて数え切れないくらいあるだろう。その度に一々落ち込んでいたのでは、手伝い以前の問題である。

そんなことは分かっている。分かっているのだけど……どうやっても「独占欲」が生まれてしまうのだ。

だから、そんな気持ちが生まれなくなるくらい自分がレインの隣にいたい。

偶然か必然か。リリアのそんな気持ちに応えるように、レインは隣でサポートしてくれるパートナーが欲しいと言ってくれた。

これを聞いたリリアのモチベーションは限界を超え、今に至る。

「でも、思ったより険しい道になりそうです。冷静に考えたら、こんな人数の客を一人で相手にしているなんてレベルが違いますね」

リリアはどうにか今の自分の力で手伝えそうな仕事を探す。

真っ先に思いついたのは、この尋常じゃない客の整理だ。流石のレインでも、この人数を相手にしたら商品を並べたりお金のやり取りをしたりするだけで精一杯なはず。

それに、マナーが悪い客同士でトラブルを引き起こすことも多々あった。そんな時に自分がいたら、この問題もかなり改善されるはずだ。特にマナーが悪い客に関しては自信がある。これでも自分は魔界の中では名の知れた吸血姫。大体の者は自分が注意したら黙って大人しくなるであろう。人間という弱い立場のレインにはできない仕事だ。

……現に今もマナーが悪い客がいる。リリアはレインの邪魔をしないように動いた。

「ちょっと！　ぶつかったなら謝りなさいよっ！」

「なによ！　そっちからぶつかってきたんでしょ！」

人混みの中で行われる喧嘩《けんか》のようなもの。リリアはため息をつきながら声をかける。

「――もしもーし。良くないですよ」

「だ、誰よアンタ！」

「そうよ！　アンタは黙ってて！」

やはり変装していたらリリアのことには気付かないらしい。

かと言ってここで変装を解くわけにもいかないため、軽く二人の肩に手を置いて殺気を込めた。

「ひぇっ⁉」

「ひょっ⁉」

二人は似たような反応を見せて固まる。

大人しくなってくれて何よりだ。リリアはレインの方向をチラッと見て、気付かれていないことを確認した。

そしてニッコリ笑って――。

「喧嘩はやめましょう。ね？」

「ひゃ、ひゃい……」

「す、すみません……」

　リリアが肩から手を離すと、二人は一目散に逃げていく。

（……あれ？　もしかしてお客さんが減っちゃった？　い、いや、最終的にはあの二人がいない方がレインさんのためになるはず。うん、きっとそう）

　やっちゃったかもと思いつつ、リリアは自分の行動が間違いでなかったと信じる。

　あの二人がいることでのマイナスと、いなくなったことでのプラスを天秤《てんびん》にかけたら絶対正しい。

　ただ、それでもちょっと申し訳なくなったため、リリアは一つ思い切った行動を取ることにした。

「私がお客さんになればプラスマイナスゼロにできるはずです」

　リリアは帽子を深くかぶり、サングラスの位置を整え、髪も後ろに括《くく》って一人の客になった。

　これで、さっき失った二人よりたくさん買ったら問題ない。レインと接近することにはなってしまうが、この完璧な変装であれば気付かれないはずだ。念のため声も普段より低めにしておく。

　準備バッチリ、とリリアはレインの前に立った。

「エット……コノ宝石クダサイ」

　リリアなりに頑張って声を変え、レインに金貨を渡した。正直、自分でも呆《あき》れるくらい不審者だ。不自然に顔を隠した女が変な声を出して気味が悪い。これは別の意味でレインにバレたくなかった。

「あ、はい。確かにお代は受け取りました」

どうぞ、と宝石を手渡してくれるレイン。「なんだコイツ?」といった反応もなく、普通に接してくれた。

リリアの分の対応が終わると、次はすぐ隣の客の対応に。近くで見ると余計に忙しそうだ。明らかに人手が足りていない。

不意に、今忙しそうにしているレインの隣で自分も働いている想像をしてみた。

レインは商品を取り扱って、自分はお金の計算などをして、会話がなくともお互いのサポートが可能になって。仕事が終わった後にはレインの汗を拭ってあげる。そして最後に、今日の仕事の成果を二人で喜ぶのだ。

あぁ、なんと素晴らしい日常だろうか。

まだ全然実現していないのに、リリアはフヒヒとにやけてしまった。

もうちょっとだけ、邪魔にならない位置でレインを眺めていることにしよう。

「――ねぇ、あの人ずっとレインさんのことを見てるけど……どうしたのかしら」

「ずっと動かないわね。ちょっと怖い」

「変な人っているものね」

このせいで、ずっとニヤニヤしてる不審者がいると噂《うわさ》になってしまったのはまた別のお話。

「ふぅ、疲れた。一旦休憩するか」

（はっ！　時間のこと何も考えてませんでした！　もうそろそろお昼だ！）

客も一旦落ち着いて、レインは軽くストレッチを始める。

結局リリアは、あれからずっとレインのことを眺めていている時間を過ごした。これじゃいけない。

確かレインには昼頃到着するというメッセージを伝えたはず。このままだと二回目の遅刻だ。

木陰で慌てているリリア。そんなリリアに対して——。

「リリアー？　いるんだろー？」

「え？」

レインは「おーい」と、どこかにいるであろうリリアを呼んだ。

名前を呼ばれてしまったなら、帽子とサングラスで変装したままであるがリリアも出てこざるをえない。

木陰から覗《のぞ》く小動物みたいに姿を現した。

「き、気付いていたのですか？」

「結構序盤からな。何だかリリアみたいな人がいるって思ってたよ」

「そ、それなら、声をかけてくださったら良かったのに……！」

「いや、変装してるからバレたくないのかなぁと。どうして遅刻するなんて嘘《うそ》をついたんだ？」

ギクッとリリアは怯《ひる》む。

しかし、レインに隠し事をしても仕方がないと悟ったのだろう。

すみませんとその理由を告げる。

「実は……レインさんの仕事を観察してみたくて。パートナーになるためには、仕事をちゃんと覚えないといけないので……」

リリアは隠すことなく正直に伝えた。レインに迷惑をかけるつもりではなかったとのこと。

何もかも質問してばかりではレインに申し訳ない。だから最初に知識をつけたかったのだろう。彼女は授業の前にちゃんと予習をしてくるタイプだ。同時にリリアの熱意も窺《うかが》える。

「すみません……勝手なことをして」

「いや、気にしてないよ。むしろ、俺の仕事に興味を持ってくれて嬉《うれ》しい」

レインの言葉を聞いて、リリアの表情はパッと明るくなった。不快にさせたかもしれないという不安が心の中にあったらしい。レインとしては、怒るどころか喜ばしいことなのだが……もしかしてそんな短気に思われているのだろうか。

とにかくリリアの気持ちは嬉しい。できる限り彼女の願いに応えたかった。

「……リリアが良かったらなんだけど、昼からの仕事を一緒にやってみないか？」

「え、え？　良いんですか？　きっと今の私じゃ邪魔になってしまいそうで……」

「誰しも最初はそんなものさ。それに、やっぱり隣でいてくれた方が成長できると思う」

「そ、それでは、お言葉に甘えます！」

いきなりの提案過ぎてリリアは戸惑っていたが、ここで引いていてはダメだと覚悟を決める。

レインが直々に仕事を見せてくれるのなら、リリアの選択肢はもう一つだけだ。これもパートナーとなるための第一歩。リリアは気合いを入れる。

「私、何でもやりますので！　どんな作業でも遠慮なく言ってください！　掃除ですか！　接客ですか！」

「えっと、とりあえず昼食にしないか？」

「あ、そうでした……！　まずはご飯ですね！」

おっとっと、とリリアは荒ぶる自分を抑えた。今日の自分は空回りしない。

言われてみれば、確かにお腹《なか》も空《す》いた気がする。久しぶりにレインと一緒の昼食だ。

これならお弁当でも作ってくれば良かった。いや、こうなるとあらかじめ予想して作ってくるべきだった。

リリアは軽く反省しながら、辺りで美味《おい》しそうな店を探す。

「あ、エルフの出張パン屋さんですね。あそこはどうですか？」

「いいね。エルフの店はどこも美味しいんだよな」

「ですよね！　私も大好きです」

リリアが見つけたのは、エルフが営むパン屋。一か月に一度、中央地にやってくる出店だ。味は確かでファンも多く、油断しているとすぐに売り切れてしまう。

たまたま見つけられるなんて運が良い。混雑に巻き込まれる前に、二人はその店に駆け寄った。

「いらっしゃいませ～。どれになさいますか？」

「リリア、どれがいい？」

「んーっと……どれも美味しそうで選べないです。おすすめはありますか？」

そうですね――とパン屋のエルフは笑みを見せると。

「こちらのクロワッサンがおすすめです。サクサクで美味しいですよ」

「分かりました！　じゃあそれを一個お願いします！」

「俺も同じものをください。あとドーナツを二個」

レインは銀貨一枚を渡すと、袋に詰めてもらったパンを受け取る。ついでに買ったドーナツはリリアへのプレゼント用だ。

近くにはおあつらえ向きのベンチがあるため、そこで昼食をとるとしよう。

昼からの仕事もこれで頑張れそうだ。

「あのベンチに座ろう。ちょうど木陰になってるし」

「涼しそうでピッタリですね」

レインが先に座り、その後リリアがちょこんと隣に座る。

吸血姫だからなのか、隣にいるだけでもひんやりとした空気が伝わってきた。体温の高いティアラとは対照的だ。

やっぱりリリアは熱いものが苦手なのかな？　といらぬ好奇心が生まれてしまう。

「はい、リリアの分。体力使うから、しっかり食べておかないとな」

「ありがとうございます。はむっ」

いただきますと呟《つぶや》いて、リリアはクロワッサンをパクっと口の中に運ぶ。

やはり他のパンとは一味違うようで、「んー♪」と何とも美味しそうな反応を見せていた。

レインも釣られてクロワッサンを食べるが……確かに納得だ。サクサクで、含まれたバターが香ばしい。

　何か作り方に特徴があるのだろうか。是非ともいつか教わりたいものである。

「美味しいですね！　レインさん！」

「そうだな。これを食べたら他の店のパンが食べられなくなるよ」

　リリアはパンに大満足したようで、あっという間にクロワッサンを完食。ドーナツまでペロリと食べ終わった。

　これならもうちょっと買っておいた方が良かったかもしれない。

　食べ終わった後はある程度食休みをする予定だったが、隣にいるリリアを見たら仕事を体験してみたそうにウズウズしていた。

　言葉にしなくても伝わってくる熱意だ。

「商人って意外と大変そうで驚きました。商品の管理とか、私だったら壊したり無くしたりしそうです」

「慣れたら簡単だよ。まぁ、扱っている商品が安くないから気を遣うけどな」

「そういえば、商品の値段ってどうやって決めているんですか？　直感的なものですか？」

　リリアが首を傾《かし》げる。

　今まで考えたこともなかった話であり、純粋に気になるものだ。当たり前に値段というのはつけられているが、よくよく考えてみればかなり気を遣わないといけない。高すぎてもダメだし、安すぎてもダメ。レインはどうしているのだろうか。

「そうだな、リリアに分かりやすく説明すると……うーん」

レインは少し頭の中で整理しながら話し出す。

「いくらで仕入れていくらで売るかが大事なんだ。値入率っていうんだけど、たとえば八十ゴールドで仕入れた商品を百ゴールドで売った場合、値入率が二十パーセントになるだろ？　単純に利益だけ見たら値入率が高い方がいいけど、その分商品の値段が高くなるんだ。それなら少し利益を減らしても値段を下げた方が買ってもらえるかもしれない。そのバランスが難しいよな」

「ほへ？　にじゅう……ぱーせんと」

レインの話を聞いて、数字に疎いリリアは理解不能と言わんばかりにポカンと口を開けた。

ちょっと省略し過ぎたか。全くと言っていいほどピンときていない。

……まぁ、口頭で説明して慣れない数字をすぐ理解しろというのも酷だ。それに、今すぐ覚えろという話でもない。

吸血鬼の教育システムは知らないが、恐らく数字に触れる機会は少なかっただろう。逆に勉強が苦手であってくれて安心したくらいだ。これで人間と変わらなかったら、いよいよ勝てる部分がなくなってくる。

「と、とにかくレインさんの頭が良いということは分かりました」

「頭なんて良くないよ。現に俺の説明は下手《へた》だったし」

「いえいえ！　そんなことないですよ！」

キラキラとしたリリアの目。レインに対する尊敬の眼差《まなざ》しが強くなった気がした。

難しい話をしていたわけではなく、自分の説明が下手だっただけなのだが……何だか騙《だま》してしまった気分だ。

いつかリリアにもしっかり教えてあげよう。そして誤解を解かないと。

「覚えることが多くて大変そうですが……私頑張りますので！」

「頼もしいな。よし……お腹も膨らんだし、それじゃあ早速始めるか」

「は、はい！」

レインがそう言うと、リリアは立ち上がってやる気を見せる。

このやる気はレインも見習いたい部分だ。一緒にいると何だか元気が出てくる。リリアが隣にいてくれると、作業効率などではなく違った分野で役に立ってくれそうだった。もちろんそれは客に対しても同じ。愛想が良いというのはそれだけで才能である。

「まずリリアには売り上げの管理をお願いしていいか？」

「任せてください！」

レインとリリアは、午前に構えた簡易的な店に戻る。

そして、リリアは初めてその内側に入った。外からはカーテンで遮られて見えなかったが、意外とシンプルな造りだ。

一応二人いても歩けるくらいのスペースはある。リリアが任されたのはここでの売り上げ管理。いわゆる裏方仕事である。

初陣には丁度いい。ここでレインに自分はデキる女というところを見せないと。リリアは改めて気合いを入れた。


「あ、レインさ～ん！　これくださいな！」

「レイン君！　私も私も！」

「これ欲しいわ！　早く早く！」

　店を開くや否や、爆発したかのように客が押し寄せてくる。このことはもちろん想像していたが……現実はその想像を優に超えてくる。

　どんどんリリアの元にくるお金に、どうしても手が追いつかない。

　次から次に流れてくるお金。しかも、通貨が全て同じわけではない。見慣れたものもあれば、見たことのないものも。それを分けるだけでもかなり大変だ。リリアがアワアワしていても、流れが止まるわけでもなくむしろ速くなってくる。

　遂には売り上げを数え切れなくなった。キャパオーバーである。

「レ、レインさん――あっ!?」

　リリアがレインに助けを求めるため動くと、足元にあった商品に躓《つまず》いて持っていたお金を床にばら撒《ま》いてしまった。

　これは……まずお金を拾わないと。いや、商品が壊れていないかチェック？　いやいや、最初にレインさんに謝らないと。

　リリアの頭の中がパニックになる。

「ちょっと待ってくださいね。リリア大丈夫そうか？」

「あ、あの、す、すみません！」

「大丈夫。これくらいなら全然ミスじゃないよ」

レインはリリアと一緒にお金を拾うと、手の感覚でどの通貨が何枚あるかを確認する。そして、リリアの代わりにそれをまとめた。

最後に商品が壊れていないことを確認すると、あっという間にレインは客の対応に戻った。

まるで魔法でも使ったかのようだ。

「わ、私、レインさんの邪魔をしてしまいました……」

「俺なんてもっと大変なミスをしたことあるよ。それに、リリアはやっぱり裏方仕事じゃもったいないかも」

レインは落ち込んでいるリリアの頭を撫《な》でて慰めると、一つの提案をする。

「このプラカードを持って、並んでいる人たちが揉《も》めないようにしてくれるか？　リリアなら客の呼び込みもできるはずだから」

「呼び込み……ですね！　分かりました！」

リリアはレインからプラカードを受け取ると、店の隣に堂々と立つ。

プラカードには『営業中』の文字が。客を呼ぶくらいなら素人のリリアでも何とかできる……と思う。

さっき足を引っ張ってしまった分、どうにかここで取り返さないといけない。

リリアは大きく息を吸った。

「しっかり並んでくださーい！　押さないでくださいねー！」

リリアはプラカードを持ちながら客の波を整理する。

今は変装している姿ではなく、いつも通りの吸血姫リリアの姿。あの吸血姫がアルバイトのような仕事をしているのだから、周囲の視線は一気に彼女に向いた。

　珍しいもの見たさで近寄ってくる者たちもいれば、数名だが逃げ出していく者もいる。もちろん前者の方が圧倒的に多い。

「え!?　吸血姫様!?」

「うそうそ！　生で初めて見た！」

「レインさんの店で何か買えば握手できるみたいよ！」

　リリアが表に登場したことによって、色々な意味でレインの店は盛り上がる。寄ってくる者が増え、それによって店の売れ行きも上がっていく。

　一部、よく分からない噂が流れていたが、リリアはサービスで数名の客に握手をしてあげた。別に握手なんて求められたら普段からしてあげるのだが、今回はレインの売り上げにも繋《つな》がるため黙っておこう。

（あ！　もしかしたら、レインさんはこのことを見越して私を表に出したのかも。裏仕事じゃもったいないって、そういうことだったんだ）

　リリアはハッと気付いたように口元に手を当てた。

　確かに裏でミスをしながらコソコソと作業をしているよりは、こうして顔を出してアピールした方がレインのためにもなる。適材適所というやつだろうか。きっとレインにはこうなることが見えていた。

「リリア様握手してください！」

「いいですよ〜。またお願いしますね♪」

「はい！　絶対また来ます！」

リリアと握手をして、ホクホク顔で帰っていく客たち。握手していない方の手にはレインの店で買った商品があった。

二時間ほど時間を忘れるくらい必死に仕事をしていると、段々客の数も落ち着き始める。あくまで体感だが、いつもの倍くらいは客がいた気がした。

とにかく役に立てて良かった……とリリアは安心する。

「おう、レイン君。お疲れ！　今日はやけに繁盛してたねぇ！」

「あぁ、久しぶりです。今日は本当に多かったですね」

そんな時に、また新しい客（？）が店にやってきた。タンクトップで筋肉を余すことなく見せつけているオークだ。髪の毛……というか体毛をモヒカンのようにして、とてもファンキーな印象。レインと話している様子を見ると、かなり仲が良さそうに思える。

レインがこうして自分たち以外の友人と話しているところは珍しいため、リリアは二人の様子をずっと眺めていた。

すると、オークはリリアに気付いたのかレインをニヤニヤしながら見る。

「なんだ、レイン君。良い嫁さん見つけたな！」

「へ？　い、いや、そんな関係じゃないですよ！　失礼でしょ！」

オークがレインを肘でつつく。そうしたら、レインは顔を赤くしてムキになったように反論していた。

リリアのことを思っての行動だろうが、当の本人からしたらちょっと複雑な心境である。願わくは、嫁とまではいかなくとも彼女的な紹介をしてほしかった。

もちろんレインを責めるわけではなく、むしろ自分のアプローチ不足を悔やんでいる。

いつかレインの口から紹介してもらえる日が来るように頑張らなければ。

そんな風にムーっとしているリリアに気付いたのか、レインは慌ててオークに帰るよう促した。

そして、申し訳なさそうに近寄ってくる。

「ごめんごめん、リリア。あの人は良い人なんだけどデリカシーがなくてさ」

「いえいえ、気にしてないですよ。ええ、気にしてないです」

「お、おう……」

それなら良かった——と、レインは店仕舞いを始める。初めての仕事に夢中で忘れかけていたが、既に結構な時間が経過していた。充実していると時間の経過が早く感じるというアレだ。レインと一緒だったことも相まって、本当に一瞬で今日が終わってしまった。

「今日は手伝ってもらえて助かったよ。ありがとう」

「お役に立てていましたでしょうか……？」

「もちろん。お客さんがリリアのことを看板娘って言ってたよ。初めてじゃないみたいだってさ」

「こ、光栄です！」

自分ではミスも多かったと反省していた反面、レインと客からの評価が意外と高くてつい笑みを見せるリリア。

完璧とは到底言えないくらいの仕事だったが、それでも誰かの役に立てたというのが嬉しい。

実際に仕事というものをこの身で体験してみることで、働くことの面白さも知ることができた。

それと同時に、レインの凄さも知ることができた。世の中にはきっと自分の気付いていない凄い人がたくさんいるのだろう。何だか一日で視野が大きく広がった気がする。

「私……立場上、働いたことが今までなくて。お仕事ってこんなにやりがいがあるものとは思いませんでした」

「見てるのとやるのとじゃ全然違うよな」

「はい。実際に近くで見てみて……レインさん、凄くかっこよく感じました」

「あ、ありがとう。何だか照れるな」

面と向かって褒められたことで、レインは少し赤面してお礼を言う。

お世辞でも何でもなく、リリアが真剣に言っているからこそ余計に照れてしまった。やはり、目立たない部分を褒められると嬉しい。

もしリリアと組んだら、この仕事も長く続けられそうだ。

「照れることなんてありませんよ。今日の仕事を見て確信しました。レインさんは色々な種族を幸せにしています」

「幸せだなんて大袈裟《おおげさ》だよ。自分が好きでやってることだし」

「いえ、現に私が幸せだと感じていますから♪」

リリアは自分の心の中にあったものを全部伝えた。レインの存在はこの世界に必要だし、自分にはもっと必要だ。

困っている人の役に立てるし、純粋にレインの仕事を応援したい。

「レインさんは明日もここでお仕事ですか？」
「いや、明日はアルナとの予定があるんだ」
「そ、そうでしたね……！　すみません。明日もまたここでお手伝いができたら良いなぁと思いまして」

　それを聞いて。

　レインは嬉しそうにしながらも、何だか申し訳なさそうな空気を出す。

「俺もそうしたいけど、あまりこの場所で仕事はできないかも」
「え!?　どうしてですか!?　何か理由が!?」
「ここは中央地だからめちゃくちゃ目立つんだ。頻繁に足を運ぶと、もしかしたら人間たちに見つかるかもしれない。そうしたら、この場所にも迷惑かけるから」

　レインが危惧していることは、人間たちにレインの存在とこの場所がバレてしまうこと。レインは人間たちから追われる身であり、いつどこで襲撃されてもおかしくない。

　特にこの場所は魔界でも目立つ場所であるため、見つかる可能性もその分高いのだ。

　それに、もしここで人間の兵士が騒ぎを起こしたとしたら、レインだけでなく他の種族にも危害が及ぶかもしれない。人間という種族のイメージがこれ以上下がったらレインも困る。だからこそ、レインは自重する必要があった。

　しかし、理由を説明されたとしてもリリアは納得できない。

　どうして愚かな人間のせいでレインの仕事が邪魔されないといけないのか。本当にもったいない。レインは何も悪くないというのに。

「レインさんが不自由になるなんて納得できないです……！」

「ごめんな、リリア。でも仕方ないんだ。この前みたいに、リリアの眷属《けんぞく》も襲われる可能性だってあるからさ」

「でも……むぅ。分かりました……」

レインにこう言われたら、もう言い返すことができない。そもそも、レインに言ったところで人間たちが大人しくなるわけではない。完全にお門違いだ。

レインは自分を抑えてこの場所や眷属のことを考えてくれている。

一番納得していないのはレイン本人であるはずなのに……八つ当たりをしてしまった。

何とも言えない濁ったものがリリアの心の中に生まれる。

「……それじゃあ、暗くなる前に戻るか。今日は楽しかったな」

「は、はい！　ありがとうございました！　私も凄く楽しかったです！」

空がオレンジ色に変わっていく。もうこんな時間か。

レインの身の安全を考えたら、そろそろ帰らないといけない。もっとレインの仕事を体験してみたかったが、それはまたの機会にするとしよう。

これから二人きりの帰り道だ。

「あの……一つ聞いておきたいのですが、追ってくる人間たちがいなくなったらこの場所にも頻繁に来れるんですよね？」

「え？　ま、まぁ、そういうことになるな。急にどうしたんだ？」

「いえ、そういう日が来たら良いなぁ……と。アハハ……」

リリアは誤魔化《ごまか》すように笑った。

それと同時に、一つの計画を立てる。今それをレインに言ったら止められそうなため、隠しておくしかないのだが。

（人間たちはもう追ってこられないようにしてしまいましょう。眷属を傷つけられた過去もありますし、そろそろ痛い目を見てもらわないとですね）

リリアは決心した。人間と敵対すること自体は既に決めていたが、今度はこちらから攻め込む。レインの邪魔をされて、眷属を傷つけられて、もう我慢することはできない。少しでも早く自分とレインのパートナー生活を始めるためにも、邪魔者には消えてもらうことにしよう。

帰り道もリリアは将来のことを考えてニヤニヤとしていたのだった。

第四章　アルナとのデート

魔界祭が終了してから三日目。竜姫《りゅうき》、吸血姫《きゅうけつき》と続き、今日は魔王アルナとの約束がある。魔界を代表する大物と連続で過ごす日々は、今日で最後になるはずだ。そう考えたら、何だか元気が出てきた気がする。これがラストスパートというやつなのかも。アルナが何を考えて何をしでかすのか未知数であるため、この元気を一日維持できるように頑張りたい。世間一般の気楽なデートが羨ましくなる。

レインはアルナの住む城の扉をコンコンと叩《たた》く。

リリアの住む地域からこの魔王城まで、数人の吸血鬼と共にリリアがお見送りをしてくれた。館に泊めてくれただけでもありがたかったのに、お見送りまでしてくれるなんて吸血鬼は優しい種族だ。

危険を伴う魔界の移動では、ティアラを始めとした彼女たちの存在が本当に心強い。

リリアたちがいてくれたお陰なのか、それともアルナが事前に手配してくれていたのかは定かでないが、道中で魔物は一匹も現れなかった。

人間界の兵士たちと比べ、魔界を安全かつ自由に移動できるのは大きすぎるアドバンテージだ。特に夜になった場合はその差が顕著になるであろう。

そんな中でも、今から会うアルナに関しては、魔族全般が手を出すことができなくなるというおまけ付き。ある意味アルナの隣が魔界で一番安全な場所だと言える。

「………レインきた！」

「お、お待ちくださいアルナ様！　まだ寝ぐせが直って――」

「そんなのいい。いってきまーす」

扉の奥から、アルナと苦労してそうな従者の声が聞こえてくる。特に従者数人の声がよく聞こえてきて、段々その声が鮮明になっていく。きっと外に出ようとしているアルナを追いかけているのだ。ご苦労様ですとレインは心の中で呟《つぶや》いた。

そして、扉が勢いよくバンと開く。

そこにいたのは、寝ぐせがピコピコと跳ねて服も脱げかけのアルナだった。

かなり中途半端な準備の段階で出てきたらしい。確かに従者が止めようとする気持ちも分かる。

「レイン、待ってた。ちょっと遅い」

「時間には間に合ってるはずだけど……それに、アルナも準備ができてないんじゃないか？」

よっぽどレインの到着が待ち遠しかったのか、よく見たらアルナの服はパジャマのままだ。

困っている従者のためにも、レインがどうにか説得を試みてみる。

「俺はパジャマじゃなくてオシャレしてるアルナが見たいなぁ……なんて」

「そう？　じゃあ着替える」

レインの一言によって、アルナはすっかり心変わり。いつもの服を持ってきた従者たちにあっさり捕まって、何を思ったのかその場で着替え始めた。アルナは羞恥心など微塵《みじん》も感じていないようだが……これは少しマズい。

レインは慌てて後ろを向いた。

「レイン様……！　感謝いたします！」

「ん？　レイン、なんで後ろ向いてるの？」

「気にしなくていいから！　早く着替えるんだ！」

後ろでレインに感謝する従者の言葉が聞こえてくるが、もちろん振り返ることはできない。アルナのわがままは何の前触れもなく訪れるため、柔軟に対処しないといけない従者は大変そうだ。

特に、アルナが右腕として重宝している従者が一人いるらしいが、その者は二十四時間常に働き詰めだと聞いた。今日は彼女の姿が見えないが、きっと今もアルナのために動いているのだろう。

ぽふっと脱いだ服が落ちる音がする。それに続いてしゅるりと布が擦れる音。

逆に見えていないからこそ、頭の中でそこで起こっている光景を想像してしまった。自分でも恥ずかしくなってくるし、ドキドキしてくる。

「レイン、終わったよ」

とにもかくにも、従者たちの仕事は早く、レインが後ろを向いて一分ほどで準備は整うことになった。

振り向いてみると、見慣れた服に身を包み、寝ぐせが一つもないいつものアルナがいる。その隣には、達成感、疲れ、安堵《あんど》など様々な表情を浮かべた従者たちが立っていた。アルナの代わりに従者たちを労《ねぎら》ってあげたい。

「よし。やっぱりアルナはオシャレしてる方が可愛《かわい》いよ」

「む、可愛い……ありがとう」

アルナはポッと頬を赤く染める。忘れていた――レインは恥ずかしげもなくこういうことを言う男だ。

さっきまで照れていたのはレインの方だったのに、一気に立場が逆転してしまった気がする。

レインの不意打ちには気をつけておかないと。

後ろに控えている従者たちも「言った……！」と顔を赤く染めていた。

アルナは気を取り直して、ペースと流れを自分のところに戻す。

「レイン、今日は面白いところに連れていってあげる」

「え？　移動するのか？」

「当たり前。パートナーとして、アルナの力を見せたいから」

アルナはレインの手を取った。どうやら今日も移動をすることになるようだ。商人という職業柄、長距離の移動には慣れっこなのだが、三日連続でぎゅうぎゅうに詰め込まれると、流石《さすが》に足が重く感じてしまう。

もちろんアルナの誘いを断るなんてことはできないため、どうにか乗り切れるように頑張るしかない。

「ちなみに、どこに行くつもりなんだ？」

「どこでしょう。ヒントは、レインが行ったことない場所。というか、地図なんかには載ってない」

「俺が行ったことなくて地図に載ってないんじゃ絶対に当てられないよ」

結局自分たちの行先は分からない。わざわざレインをそこに連れていくということは、よっぽどの理由があるはずだが……。

アルナなりに思い入れがある場所なのだろうか。行ったことがないということで、不安と期待が半分ずつある。

そういえば、ティアラも行先をクイズ形式にしていたような。魔界ではこういうのが流行《はや》っているのかもしれない。

「心配しなくても大丈夫。しっかりアルナの配下にある地域だから安全。それに、レインにピッタリだと思うよ」

「俺にピッタリ？」

「世界中の商人が羨ましがると思う。ま、行ってみたら分かるよ」

アルナはレインの手を引いて外に向かう。外には既にアルナの使役している狼《おおかみ》のような魔獣がスタンバイ済みだ。

あれよあれよという間にレインは魔獣に乗せられ、従者たちによって見送られる形に。

従者たちは「お気をつけて」と言っているが、それが定型句であることを祈る。

「それじゃあ行くよ。出発」

レインの返事を待つことなく、魔獣は風のように走り出したのだった。

◇◆◇◆◇◆

魔王城から西方に進むこと約一時間。

川を飛び越え森を抜け、ようやくアルナの言う目的地が見えてき始める。

外見としては、もちろん規模や細かいところは違うが、エルフの国に似たものを感じた。自然と共に生きている感じというか、空気が澄んでいて綺麗《きれい》だとか。背の高い木が道なりに並んでおり、自分たちを導いているように思える。枝に止まっている鳥たちも、二人の存在に気付いて、呼び鈴の役割をしているみたいに鳴き始めた。

ここで魔獣が足を止める。そしてアルナはぴょんと降りた。ここから先は歩いていくとのことだ。まだこの地域の住民は見えてこないが、きっと温厚な種族が住んでいるのだろう。アルナに問いかけてみる。

「アルナ。この地域には何の種族が住んでるんだ？　隠れるような暮らしをしてるってことは……もしかして何かの希少種とか？」

レインの予想は珍しい種族が住んでいるというもの。移動中に聞いた情報だと、この地域は地図にも載っていない隠れた場所。まるで他人から隠れるというか、見つからないようにしている。わざわざそんなことをする理由を考えたら、存在価値が高い希少種に分類される者たちが浮かんできた。

「希少種じゃない。むしろその逆かも」

「逆？　希少種の逆っていうと……どういうことだ？」

「混血種。レインも知ってるでしょ」

もちろんレインはその存在を知っている。

混血種とは、それぞれ違う種族の親から生まれた存在。エルフとドワーフの混血種とか、吸血鬼と人狼《じんろう》の混血種とか。別にそんなに希少価値があるわけではない。希少種の逆というのも納得できるくらいに、魔界には混血種が溢《あふ》れかえっている。まあ、有象無象の種族で溢れかえっている魔界では当たり前の状態だ。

どうして混血種がこんな隠れるようにして生きているというのか。レインも何回か混血種と会ったことがあるが、彼らは魔界の中でも特に変わった様子を見せずに生きていた。

この前行われた魔界祭にも、混血種が普通に参加していたはずだ。

「混血種が集落を作って生きてるのか？　俺が知ってる限りだと、普通に暮らしてる混血種ばかりだったけど」

「受け入れられる混血種もいれば、受け入れられない混血種もいるの。ここで暮らしてるのは受け入れられなかった混血種たち」

「受け入れられなかったって……どうして受け入れられなかったんだ？」

「あのね――人間の血が流れてるの」

「あ」

レインはハッと気付かされる。混血というのは、エルフやドワーフなど魔界の種族のみで行われるものだと勝手に思っていた。

言われてみれば、人間だって一つの立派な種族だ。

人間という存在が疎まれる魔界において、人間の血が少しでも混ざっている者がいれば同じように疎まれるに違いない。

だからこそ、ここに住む混血種たちはこうして隠れるようにして生きているのだ。

「なるほどな。そういう背景があったのか」

「うん。混血種は複雑だから」

　アルナは「でもでも」と人差し指を立てる。

「混血種は良い人が多いし、美味《おい》しい食べ物もたくさんある。質のいいアイテムも作れる。レインの商品も売れると思うし、買いたい商品もたくさんあるはず」

「そんなに凄《すご》い場所なのに、誰も関わろうとしないのか？」

「そうなんだよねー。もったいないというか、穴場というか」

　呆《あき》れたようにため息をつくアルナ。

　確かに、素晴らしい技術があるのに少数の者たちにしか伝わらないというのは惜しい。

　レインはこの辺りでアルナが自分を連れてきた理由を察していた。

　きっとアルナは、この地域に住む混血種に外の世界を見せてあげたいのであろう。そう考えたら、外の世界の物を多く売買している自分は適役だ。レインにとっても、普通だったら世に出ない逸品に触れられるというメリットがある。

　とはいっても、実際にどんな物があるのか見てみないと分からない。

　レインはアルナにエスコートされるまま、地域の奥へと進んでいく。

「そろそろ混血種が住んでるとこ。レイン、ローブある？」

「え？　あぁ、あるぞ」

　アルナはレインからローブを受け取ると、フードで顔を隠すようにしてそれを身にまとった。

　ちょっとサイズが大きかったようで、袖から手が出ていないし裾も地面についてしまいそうだ。

　どうしてアルナは正体を隠すようなことをしたのだろうか。

「混血種たちにアルナの存在がバレたらマズいのか？」

「ちょっと騒ぎになって面倒くさい。あと、混血種たちがレインにどんな反応をするか見てみたい。アルナが近くにいたら、純粋な反応が見られないでしょ？」

アルナなりの考えがあるようで、そのために身を隠す必要があるとのこと。

それに、混血種が見ず知らずの者に対してどんな反応をするのか興味があるようだ。確かに混血種を外の世界と繋《つな》げるためには、知っておかないといけない情報ではある。

「あ、いたいた。あそこが広場だった気がする。外に出てる混血種も多いね」

「意外と普通の暮らしをしてるんだな」

アルナは混血種たちがいる広場を指差す。綺麗に地面が石畳で整えられており、真ん中には小さめの噴水が置かれている。

子どもから大人まで、想像とは違って外に出ている者が多い。よく日光があたる場所だからだろうか。何の前提知識もなければ、魔界でよく見る光景とあまり見分けられない。

ざっと目に入ったのは、人間の血が混ざったことで爪や牙が小さくなった男の獣人、耳が丸くなっている女のエルフなど。

レインは少し緊張しながらその広場に近づいていく。こういった場所で仕事をするのは久しぶりだ。


「――――！　おい、誰か来たぞ。武器は持っていないが油断するな」

「誰？　人間？　人間がどうしてここに？」

「隣にいる小さいのは何だ？　見るからに怪しそうだけど……」

混血種たちがレインとアルナに気付く。人間と怪しいチビという組み合わせはやはり目立つようだ。

あっという間に周囲の視線が全てレインたちに向いた。きっとこの混血種たちにはレインの名も伝わっていない。誰か一人でも自分のことを知っている者がいればやりやすくなるのだが……それも望み薄だろう。

まずはいきなり攻撃されなかったことに安堵する。

「何者だ！　何の用があってここに来た！」

「アル――ごほん。私たちは行商人。ただ仕事で立ち寄っただけ」

「行商人？　初めて見たな。悪いが貴様らに用はない。怪我《けが》しないうちにこの地から出て行くんだ」

アルナが自分たちのことを行商人だと名乗ると、混血種たちは数歩だけ二人との距離を詰めた。

大半の者が行商人を初めて見たという感じであり、まだ二人のことを警戒している。実質的に隔離されてきた混血種なら、そんな者たちが多いのも仕方がない。

レインもこういった警戒の視線は経験済みなため、怯《ひる》むことなく話を進められる。

「待ってください！　僕ならきっと皆さんのお役に立てます！　話を聞いてもらえるだけでもいいんです！」

「話だとぉ？」

「はい！　ここでは美味しい食べ物も、質のいいアイテムもあると聞きました。僕ならそれらを外の世界で売ることができます！」

「外の世界で売るってことは、俺たちに金や対価が入ってくるっていうのか？」

「もちろんです」

まずはメリットを提示して、レインの話に興味を持ってもらうところから始まる。

自分たちの作ったものが、知らないところで売れてお金になると聞けば、とても魅力的に感じるだろう。

レインの予想通り、さっきまで警戒していた混血種が食いついてきた。

「アンタが俺たちの代わりに商売してくれるっていうのは良いんだが、本当に売れるんだろうな？」

「僕も何年もこの仕事をしてるので大丈夫です。噂《うわさ》となって僕に伝わるくらい質がいいものなのですから、買う人は何人もいます」

「……にわかには信じられんが、そこまで言うならアンタが良い商人だっていう証拠を見せてみろ」

良い商人である証拠と、これまた難しいことを言われたが問題ない。

自分がどんなものを取り扱っていて、どのような規模の商人なのか知ってもらう良い機会だ。

混血種たちが興味を持ってくれているということも間違いないため、レインは自信を持って行動に移す。

「レイン、店を出して」

「あぁ。簡易的なものだけどな」

アルナも考えていることは一致していた。レインは昨日と同じように簡易的な店を作る。その作業は手慣れたもので、あっという間に混血種たちの前に商品がずらりと並んだ。

今まで見たことのないものばかりが並ぶ棚に、混血種たちの視線は釘付《くぎづ》けになる。

……しかし、誰も手に取ろうとはしない。

「なぁ、貴重な宝石とかあるけどよぉ……これって本物なのか？」

「なっ、本物に決まってます！」

混血種の懐疑的な声に、レインはついつい言い返す。商人として、自分の扱っている物が偽物だと疑われるなんて最も不名誉なこと。こればかりは、絶対に本物だと理解してもらわないと気が済まない。これまでにも、疑われた時はどんな小さな疑いだったとしてもしっかり晴らしてきた。

混血種たちの言う良い商人であることを証明するためにも、レインは必死だ。

「そうは言ってもなぁ……流石《さすが》に信じられんぞ。こんな宝石が何個も並べられるなんて」

「確かに。人間の商人がこれだけ手に入れられるのも不自然だしな」

「どれだけ歩いても疲れない靴とか、絶対に枯れない花瓶とか……冷静に考えたらやっぱり偽物かも」

レインが訂正しようとしても、なかなか混血種たちの疑いは晴れない。

混血種たちの言うように、レインが並べている商品は人間の扱うものとしてはあまりにも価値が高い。今までは自分の名を名乗ればすぐに納得してもらうことができた。しかし、ここはその方法が使えない場所。どうやって本物だと納得してもらうか……レインは頭を悩ませる。

どうにかして自分を知っている者を探すか。それとも鑑定の能力を持っている者を探すか。

残念ながら、どちらもすぐには実現できなさそうだ。

「並べているものはどれも本物です！　宝石だって確認する術《すべ》はあります！　模様が描かれた紙の上に置いて透かせば、本物なら透かして見えないという特徴があります！」

「それが正しい見分け方という確証もないからなぁ――そうだ」

混血種の一人が並べている宝石の中から一つを手に取る。

「これは確かヒスイっていう硬い宝石だろ？　これを叩いて割れなければ本物だっていう証拠になるんじゃないか？」

「た、叩く⁉」

名案を思いついた、と言わんばかりの顔でレインの顔を見る混血種。

確かにヒスイは割れにくい宝石として有名だ。叩くパワーによるだろうが、恐らく大丈夫。ただ、割れないからといって傷がつかないわけではない。

自分が本物だけ取り扱っているということも証明したいが、それ以上に商品を傷物にしたくないという気持ちの方が強かった。

「どうなんだ？　自信がないのか？」

「そ、それは………」

レインは葛藤する。これは商人としてどちらを取るのが正しいのか。

返事まで時間が経《た》てば経つほど怪しまれるため、早くどちらかの答えを出さないといけないし、もしくは叩く以外の確認方法を代替案として提示しないといけない。

レインとしては代替案を出す方に持っていきたいが、すぐには良さそうな案が思いつかず……。

汗を流しながら沈黙の時間が過ぎていく。

「はぁ……仕方ない。ちょっと予定とは違うけど――」

そんな困っているレインを見兼ねてか。

アルナはフードをパサリと取り、自分の顔を混血種たちに見せた。

これ以上レインが困る姿は見たくないし、レインの商品が傷つくというのもアルナからしたら避けたい。

「ちょ、アルナ！」

ぷにっとしていて、どこか抜けた表情で――一見無害そうな風貌。だが、混血種からしてみればどんな神よりも尊い姿だ。

ここにいる誰もが、彼女を魔王アルナであると気付いた。それはもう感覚的なもの。遺伝子にさえ刻まれているかもしれない。

彼女は混血種たちにとっての恩人であり英雄なのだ。

周囲の混血種たちが全員口を大きく開けて見事なリアクションを見せる。

「ア、アルナ様⁉」

「なんてこと……⁉　ご挨拶が遅れましたことをお詫《わ》びいたします！」

「お会いできて光栄です！」

さっきまで普通にしていた混血種たちは、アルナの登場によって全員が膝をつき頭も下げる。

人間界だと国王の前でもこんな風にはならない。しかも、恐怖で従えているというわけでもなさそうだ。全員がアルナに対して敬意と忠義を抱いていることがレインにも分かった。

「頭を上げていいよ」

「はっ！」

アルナの一言で混血種たちの頭が一気に上がる。

「レインの言っていることは本当だから。偽物はありえない。それはアルナが証明する」

「は、はい！　大変失礼いたしました！」

上がった混血種たちの頭は、再びレインに向けて下げられる。

レインとしては誤解が解けるだけでもう十分なのだが……ここまでしてもらう必要はない。逆にこちらまで謝ってしまいそうだ。

アルナの気持ちは嬉《うれ》しいが、これはこれでちょっとやりにくいと思うのは気のせいだろうか。

「まさか全員がレインのことを知らないとは思わなかった」

「不思議なことじゃないよ。俺も基本的に中央地での仕事が多かったし、こういう閉鎖的な場所は誰かの紹介とかがない限り見つけるのは難しいからな」

「今後もこんなことがあったら困るよね」

アルナは自分にうんうんと納得すると、ポケットの中から何かを取り出す。

そして、それをレインに手渡した。

「レイン、今度からはこのバッジをつけておくといい」

「ん？　何だこれは？」

「――!?　ア、アルナ様！　よろしいのですか!?」

レインが受け取ったのは、鬼（?）をモチーフにした絵が描かれたバッジ。

それを見るや否や、混血種たちが一気にざわついた。

通常ならありえないことが起こった——そう言わんばかりの反応だ。

「問題ない。どうせいつかは渡すつもりだったから」

「さ、左様ですか……」

「アルナ、このバッジって何なんだ？　そんなに凄い物なのか？」

アルナと混血種たちの中で会話が進んでいくが、当のレインは蚊帳の外。

話を聞くに、このバッジが混血種たちを混乱させているようだが、どんな意味があるのかは分からない。

ただ、とんでもない価値があるというのは感覚で理解できる。

どうしても知りたがるレインに、アルナはゆっくりと答えた。

「それは魔王印のバッジ。鬼が描かれているのは一番等級が高いもの。これをつけておけば、レインが疑われるようなことはない」

「分かりやすく言うと魔王公認……っていうことか」

「そんなレベルじゃないですよ！　そのバッジを所有しているのは世界で二人！　貴方《あなた》が三人目です！」

「……え」

レインがバッジを軽く認識していたら、混血種の一人がその価値を伝えるように前に出てきた。

世界で三人？　魔王の従者なら誰でも貰《もら》えるようなものだと思っていたが、その認識のズレはあまりにも大きかったらしい。

長くアルナの従者をしている者たちでも得られないようなものが、自分のような存在に与えられても良いのだろうか。

既にこのバッジを貰っていた二人も、レインという存在に憤りを感じるはず。自分にこのバッジをつける資格があるとは到底思えない。

もちろんレインはすぐにバッジを返そうとした。

「アルナ！　このバッジは俺には相応《ふさわ》しくないよ」

「相応しいかどうかはレインが決めることじゃない。アルナが決めることだよ」

「うっ……」

魔王の従者なら飛び跳ねて喜びそうなセリフだが、レインからすると少したじろいてしまう。アルナが自分の存在を認めてくれている何よりの証拠なのだが、それにしてもそのバッジは重すぎる。

憧れているバッジをよく分からない人間がつけていたら、不満を持つ従者も何人か出てくるだろう。

それに、バッジをつけるということはアルナの存在を常に背負《せお》うということ。考えたくはないが、自分が何かしてしまった時、アルナの顔に泥を塗る可能性が高い。

これらのことを考えたら、バッジを受け取らないのがお互いのためになる。

しかし、アルナはどれだけ説明したところで聞く耳を持たないはずだ。アルナはそういう魔王である。

レインは少し考えると、グッとバッジを握りしめた。

「……分かった。このバッジはありがたく受け取る」

だけど——とレインはつけ加える。

「このバッジをつけるかどうかは俺次第なんだよな？」

「……？　うん」

「なら、俺はまだつけないことにするよ」

アルナは少しの間固まる。想定を超えたことを言われたら固まってしまうのは、人間でも魔王でも同じことのようだ。

きっと今はどうしてレインがこんなことを言ったのか考えている最中だろう。

今回はレインの中にも確固たる意志がある。アルナには理解されないかもしれないが、その意志を伝える義務がレインにはあった。

「今後この仕事をしていく中で、さっきみたいなことは何回もあるはずなんだ。その度にアルナの力に頼っていたら、俺自身何も身につけられない気がする。せめて自分の力で乗り越えられるようになった時、つけることを許してほしい」

「………レインは面白い」

アルナは今までとは種類の違う笑みを見せる。

あのバッジを渡してこのような反応をする者は、世界中を探しても恐らくレインだけ。見せびらかすこともせず、自分の成長のためにむしろ隠すことを選択するとは。

きっとレインは、地位や名誉や金などでは振り向かせられない。

だからこそ、余計にレインを近くに置きたくなってきた。

「とにかく。レインが偽物を売ったりしていないって分かった？」

「も、もちろんでございます！」

「我らが英雄のアルナ様がおっしゃるなら、信じぬ者などおりません！」

めでたくレインの疑いは晴れたが、それまでの過程で気になったことが一つ。

それは、混血種たちの異様とも言えるアルナへの忠義。

今思い出したが、魔界祭の時も屋台を開いていた混血種がアルナに忠義を示していた。

いくら魔王といえども、この態度の変わりようは何か理由があるはずだ。

そう――過去にこの関係性を作った何かが。

「アルナはここでは英雄なのか？」

「そういうことになってるらしい。別に過去何回か助けてあげただけなのに。食糧危機とか魔物の襲撃とか」

「いや、十分すぎるくらい英雄だよ」

アルナは軽く当たり前のように話しているが、まさかそんな過去があったとは。ここに来た時から、どこか混血種たちのことを気にかけているような空気を感じ取れたが、これなら納得だ。

外との関わりを絶っているということは、もちろん味方なんて存在するはずがない。そんな状態で助けてくれたアルナは、混血種たちにとってどれほど大きく見えたのだろう。

「外の世界のものをレインはたくさん持ってる。みんなの役に立つと思った」

「そ、そこまで我々のことを……ありがとうございます！」

「欲しいものがあったらレインに言って。お金は気にしないでいいよ。アルナが払っておくから」

混血種たちがざわざわと驚いた様子を見せる。

レインの凄さにだろうか。それともアルナの太っ腹さにだろうか。……恐らくその両方だ。

「アルナ、良いのか？」

「いいのいいの。せんこーとーし？　ってやつ」

アルナは混血種たちに何か光るものを見出しているようだ。今のうちに恩を売っておこうというつもりらしい。

そういえばこの地域に来る前に混血種たちの良さを語っていた気もする。

「それに、きっとレインは頻繁にここを訪れることになる」

「俺が頻繁に？」

「うん。今から混血種の倉庫に行ってみる。そこに色んなものがあるから見てほしい」

アルナはレインの手を取る。場所自体は頭に入っているようで、その足取りには迷いがない。

レインに早くその倉庫とやらを見せたくて仕方がないようだ。

「あ、でもまだ店を出しっぱなしだし――」

「……む。なら少しだけ待つ」

アルナはピタッと止まり、混血種たちの買い物が終わるのを待つ。買い物といっても、代金を支払うのはアルナなのだが……。

混血種たちも遠慮することの方が失礼にあたると察したようで、並べられている商品を興味津々に見ていた。

外の世界にしかないものを見ている彼らの目はキラキラとしたものだ。

「絶対に枯れない花瓶……夢のようだわ。息子がプレゼントしてくれたお花をずっと飾ることができるなんて……！」

「どれだけ歩いても疲れない靴なんて本当にあるんだな。採取活動で毎日山に登らなきゃいけないからピッタリだ」

　結局、十分もしないうちに並べられていた商品は完売することになり、ここにいる混血種十五人全員の手に渡ったのだった。


　山の麓にある倉庫に向かって歩を進めるレインとアルナ。アルナはちょっと肌寒いという理由で再びローブを着て歩いている。レインとしても、こちらの方が無駄に混血種たちを驚かせないだろうし安心だ。

　二人はこの道中で他愛《たわい》のない会話をしていた。

「――で、倉庫って聞いたけど、何が置いてあるんだ？」

「彼らの技術で作った道具とか。この地域付近でしか採れない鉱石とか。希少な魔獣の毛皮とか」

「えっと……とにかく凄いものがあるってことだな？」

　アルナが例に挙げたのは、とてもレインの興味を惹《ひ》く代物ばかり。アルナも商人が好きそうな物が分かってきた頃なのか。

　一人の商人として、ぜひとも行ってみたい場所である。

「うん。アルナのところにもたまに送られてくる。でも、アルナだけじゃ手に余るからレインに紹介したい」

「なるほど。運が良かったら、新しい仕入先になるかもな」

「しいれさき？」

「んー……仕事の用語だからアルナは気にしなくても大丈夫だよ」

「——それなら教えて。絶対教えて」

アルナは首を傾《かし》げて頭にはてなを浮かべる。聞き慣れない単語に引っかかったようだ。

レインは説明するか迷ったが、アルナの強い希望があったため説明せざるを得なくなる。

これで説明しなかったら、拗《す》ねて口を聞いてもらえなくなるか、とんでもない癇癪《かんしゃく》を起こされるかのどちらかだ。

「といっても簡単なんだけど……仕入先っていうのは、商品を仕入れる相手のことを指すんだ。仕入れは分かるよな？」

「なんとなく。買うってことだよね」

「そんな感じ。見積もりして確認して発注して——まぁ、混血種と仕事したいっていう意味だ」

「なるほどなるほど。また一つ賢くなった」

アルナはうんうんと頷《うなず》く。これくらいは理解しないとレインの役に立てるパートナーにはなれない。とりあえず一次試験には合格したような気分だ。もしパートナーになった場合は、こういう難しそうなことはレインに任せるつもりだが……少しかじっておくくらいの知識は必要である。

それに、混血種とレインの関係が上手《うま》くいけば、レインはまた一歩ステップアップすることに。

それと同時に、混血種をレインに紹介したアルナの株も上がるため、一石二鳥の試みということだ。

レインのパートナーになるための計画は順調に進みつつある。

「倉庫はもう近いよ。大きいからすぐに分かる」

「え。あのお屋敷みたいなのが倉庫か？」

「そう。広そうでしょ」

レインが見つけたのは、木造の豪邸のような倉庫。平屋で横に広い。倉庫として使うにはやけに気合いの入った造りだ。

倉庫として運用するために造ったのではなく、元々あったものを倉庫として運用しているといった方が正しそうに思える。

もしその予想が真実なら、元々何の建物として運用されていたのか気になるところではあるが……それはレインに関係のないことだ。

二人はどんどん倉庫に近づいていき、気がついたらもう扉を叩ける位置にいた。

「この中に誰かいるのか？」

「責任者がいるはず。アルナの記憶だと、余所者《よそもの》に厳しそうだった」

「できれば聞きたくない情報だったかもな……」

アルナから出てきた情報のせいで、レインの心に緊張感が走る。どうせなら嘘《うそ》でも友好的な人だと伝えてほしかった。

とにかく会ってみないと話が進まないため、レインは意を決して扉をコンコンと叩いた。

「すみませーん。どなたかいますか？」

しばらくすると、奥の方からドシドシと大きな足音が聞こえてくる。

「誰だ？　貴様、ここに来るのは初めてだな？」

「商人をやっている者です。敵対する気はありません」

「……ふむ。良いだろう。信用する」

「……え？」

責任者らしき男は、意外にもあっさりとレインのことを信用した。

レインの想定だと、どうやって信頼してもらうかが鍵になるはずだったのだが……あまりにも早い。

しかも、アルナの姿を見たというわけでもなく、レインの声を聞いただけ。

何か他に断定できるような材料があっただろうか。

そうこうしているうちに、倉庫の鍵が開いて中にいた責任者が姿を現した。

これは――獣人と人間の混血種だろうか？　体毛は並の獣人と同じくらいだが、尻尾《しっぽ》の長さや耳の大きさは人間の血が反映されているのかあまり発達していない。

「は、初めまして。レインといいます」

「俺はガガールドだ」

「あの、どうして俺のことを信じたんですか……？」

レインの疑問は当然なもの。敵対しない意思は伝えたつもりだが、それを信じるのはあまりにもリスキーな気がする。

貴重なものが保管されている倉庫なら、盗賊のような輩《やから》も警戒するべきであろう。

それに、ガガールドはレインが敵でないことを確信して扉を開けたような感じだった。不思議だ。

「扉越しに仲間たちの臭いがした。それも一人や二人じゃない。直近で複数人の同胞と関わったことになる。それなのに血の臭いは一つもしなかった。おまけに、敵対しないと宣言した時も心音の乱れはなかったから嘘はついてない。こんなところか」

「あ、あの一瞬でそんなことが分かったんですか？」

「鼻と耳には自信があるからな」

ガガールドの圧倒的な感覚機能に驚きを隠せないレイン。

扉越しなのにも拘《かかわ》らずこの精度。アルナやリリアやティアラとはまた違った凄さだ。

「凄い……これが獣人族の感覚なんですね」

「獣人っていっても俺は半分しか血が流れてない。本物の感覚はもっと鋭いさ」

お前は……とレインを見て呟くガガールド。

「純度百パーセントの人間だな。お前たちからしたら、俺たちのような混血種は気味が悪いだろ」

「そ、そんなの思ったことありません！」

「……嘘、じゃないのか。珍しい人間だ」

ガガールドはまた心音を聞いたのか、レインが嘘を言っていないことを見抜く。

ガガールドがこれまで関わってきた人間は、混血種を見たらほぼ確実にマイナスな印象を抱いていた。一切反応を変えなかったのはレインだけだ。今までたくさんの種族と関わってきたことが窺《うかが》える。

「ここに来たからには何か目的があるんだろ？　まぁ、商人っていう時点で察することはできるが」

「そうでした！　混血種の皆さんと取引させていただきたいんです！」

「だろうな。だが……すまない。断らせてもらう」

ガガールドは一瞬だけ悩む素振りを見せたが、キッパリと否定の意思を伝えた。

それでもレインは表情を変えない。まだ理由も聞いていないのに焦るのは早い。……アルナは隣でソワソワしているが、一旦右手で制して落ち着いてもらう。

レインは話の続きを待つ。

「やはり人間だからな。同胞たちの中には人間を嫌悪してる奴もいる。正直に言うと、俺もその中の一人だ。その壁を壊してくれるような奴《やつ》じゃないと、安心して任せることはできない」

「壁を……壊す」

「そうだ。それが条件だな」

ガガールドの出した条件は、すぐには達成できなさそうなもの。そして、アルナがやろうとしていることでもある。

どうすればガガールドの期待に応えられるだろうか。恐らくこの場で答えを出すことは不可能だ。時間をかけなければ解決しない問題。

ここまで来たからには、とことんレインも付き合うつもりだ。

……しかし。そこまで気の長くない魔王が隣にいた。

「レイン、心配しないで。すぐに分からせる」

アルナは我慢ができなくなったのか、ローブを脱いで代わりに話を進めようとする。

自分が出れば話は終わる。レインが苦労をする必要はない。アルナなりに合理的な行動だ。

そんなアルナを——レインは肩を掴《つか》むようにして止めた。

「——ダメだ。何もしなくていい」

「む…………むぅ。分かった」

レインに止められたアルナは、ローブを脱ごうとしていた手を離して一歩後ろに下がる。

ここでアルナが出ることを、レインは良しとしなかった。もしアルナが出た場合、ガガールドは半強制的にレインとの取引を強いられることになる。そのような関係は好ましくないと判断したのだろう。

これはレインと混血種との問題。アルナは頭を冷やす。

「俺とガガールドさんはまだ出会ったばかり。いきなり信頼してくれなんて無理な話です。誰だってガガールドさんのような反応をすると思います」

だから――とレインは付け加える。

「また来てもいいですか？」

「何度来たって同じだぞ？」

「いいんです……ありがとうございます」

ガガールドは驚いていた。普通なら、最初に断った時点で諦めるはず。それなのに、レインの目は一つも諦めという感情を見せていない。

きっとこいつはやるつもりだ。本気で壁を壊そうとしている。

なかなか見込みのある男だとレインを見直した時、倉庫の扉がガンガンと叩かれた。

「どうした！　何かあったのか！」

「ガガールドさん、大変です！　リヴァル君が！」

リヴァル君……とはガガールドの息子だろうか。この様子だと、好ましくない状況であるということは明白だ。

　怪我か病気か。ガガールドは飛び出すようにして倉庫の扉を開けた。

「リヴァル！　大丈夫か⁉」

「お、お父さん……腕が痛いよぉ」

「腕？　うっ……かなり腫れてるじゃないか！　誰かにやられたのか⁉」

「恐らく毒のせいですね。蛇に噛《か》まれた痕があるので」

　慌てているガガールドを落ち着かせるように、レインは隣で冷静に判断する。

　リヴァルの腫れているところを見ると、二つの穴のようなものがあった。恐らくこの噛み痕は蛇だ。かつて知り合いの兵士が噛まれた時の痕にも酷似している。

　リヴァルがぐったりしているところから、毒が体の中に入っていることも予測できた。

　大怪我ならレインにできることは少なかったが、毒ならば幸いレインにも手の打ちようがあった。

「確かこの辺りに……あった。ガガールドさん、万能解毒薬です。これならリヴァル君の毒も打ち消せます」

「万能解毒薬⁉　いくらだ！　譲ってくれ！」

「お代はいいですから早く！」

　ガガールドはレインから解毒薬を受け取ると、すぐにリヴァルの口に持っていって慎重に飲ませる。

　不思議なことに、この解毒薬が偽物である可能性は微塵も疑わなかった。心の中でレインのことを無意識のうちに信頼していたのかもしれない。

　とにかくリヴァルが意識を失う前に、完治することを祈りながら解毒薬を使う。

「んんぅ……あれ、痛くない」

「とりあえず効いてくれたみたいですね。でも腫れは残ったままだから、薬草を塗り込むとか――」

「噛まれたとこ見せて。アルナが治してあげる」

「は!?　ア、アルナ様!?」

　アルナはローブを脱いで姿を見せる。

　突然目の前に現れた英雄にガガールドは困惑を隠せなかったが、そんなのアルナは全然気にしない。

　リヴァルの腕を持って、自分も口に近づける。そして、噛まれた場所をペロッと舐《な》めた。

「凄い……腫れがどんどん引いてる」

「ふふん。レインも怪我した時は治してあげるからね」

　アルナが舐めたことによって、リヴァルの腕は見る見るうちに治癒し、遂《つい》には元通りの状態になってしまった。

　傷口に塗られた唾液はじゅーと音を鳴らして煙を出しているが、これが効いている証《あかし》なのだろうか。ちょっと怖い。

　まさかアルナにこんな能力があるなんて。どういう原理なのかは分からないが、とにかく凄い効果だ。

「リヴァル！　どうだ、治ったか！」

「う、うん。全然痛くなくなった。ア、アルナ様、ありがとうございます」

「そうだアルナ様！　どうしてここにいらっしゃるのですか！　それにこの人間とはどんな関係が!?」

　リヴァルの問題が解決しても、まだまだ確認しておきたいことがたくさんある。

　どうしてアルナがここにいるのか。レインとどんな関係があるのか。なぜ身を隠すようなことをしていたのか。

　アルナが近くにいたら、自慢の鼻でその臭いを感じ取れるはずなのだが、今回は何故《なぜ》かそれができなかった。だからこそ、突然アルナが現れて驚いた。着ていたローブの効果なのか、それともアルナ本人の気配を消す能力が凄いのか。

　とにかくアルナの答えを待つ。

「アルナがここに来た理由は、レインにこの場所を紹介するため。レインは良い商人だから、この地域と外の世界をきっと繋ぐことができる」

「我々のためにそこまで考えてくださったのですか……!?」

「ううん。この場所のためが四割で、レインのためが六割」

「こら、アルナ。そこは十割って言うところだぞ！」

　ガガールドの感動を壊してしまいそうな一言を容赦なく言うアルナ。正直さというのは、必ずしもプラスになるわけではないと教えてくれる。

　しかし、ガガールドはそれを聞いてもなお感動したままだ。

アルナが自分たちのことを少しでも考えてくれた――この事実だけでも言葉では表現できないくらい嬉しいことなのだろう。

「まさか彼がそれほどの凄腕だったとは……彼はアルナ様とどういった関係があるのでしょうか?」

「友人です――」

「レインとアルナはパートナーだよ。二年後には結婚もする」

「本当ですか!? すまない! アルナ様のパートナーであるのに、拒むような真似《まね》をしてしまった私を許してくれ……」

レインの立場を知ったガガールドは、すぐに先ほどの非礼をレインに詫びた。

一応レインは友人としっかり言ったつもりだが……アルナのセリフで掻《か》き消《け》されてしまったらしい。

ここで訂正したらまた面倒なことになりそうだし、アルナに怒られそうだからやめておこう。

「いえ、俺も急に押し掛けてすみません。とにかくリヴァル君が無事で良かったです」

「そ、そうだ。解毒薬の代金が――」

「気にしないでください。さっきも言ったようにお代は結構です。緊急事態でしたし」

「そうか……感謝する。君のような人間もこの世界にはいるんだな」

レインはガガールドに笑顔を見せると、アルナの方に振り向いた。

ガガールドがこれまでどのような人間と出会ってきたのかは知る由もないが、悪い人間ばかりじゃないということを証明できただけでも十分だ。混血種と外の世界を繋ぐという意味なら、これは記念すべき第一歩目となるだろう。

　しかし、それでもまだまだ第一歩を踏み出したばかり。これから二歩三歩と進んでいく必要がある。もちろんレインは止まることなく進んでいくつもりだ。

「えっと、それじゃあまた来ます。今度は美味しいお菓子でも持ってくるので楽しみにしていてください」

「おお、アルナ楽しみにしてる」

「いや、アルナじゃなくてガガールドさんに対してだからな？」

「レインのケチ」

　ガガールドの前で、アルナとレインの夫婦漫才のようなものが繰り広げられる。あの冷淡で何事にも動じない魔王アルナが、こんなやり取りをするなんて誰が想像できただろうか。

　それに、アルナに対して対等な立場で話せるレインにも驚きだ。魔王が相手なら普通は委縮しそうなものだが……それだけお互い信頼関係が強いらしい。

「しょうがないな。帰り道に店を少し探してみるか」

「混血種たちの中にお菓子を作れる人がいたはず。顔は何となく覚えてる」

「じゃあその人を探そう。せっかくこの地域に来たんだし」

　レインたちが背を向けて倉庫を出ようとする。扉に触れるともう一度こちらを振り返り、小さく礼をして。

　ガガールドの心には焦りがあった。このまま帰らせていいのか。伝えるべきことがまだあるのではないか。

まだ言葉が全然まとまっていないものの、レインが扉を開ける前にガガールドは呼び止めた。

「ちょっと待ってくれ」

「……？　どうしました？」

「その……なんだ。次に来る時は腹を空《す》かせておいてくれ」

「え？　えぇ、分かりました。でもどうして――」

ガガールドの言葉の意味がよく分かっていないレインに、アルナはこそっと耳打ちをする。

「混血種が一緒に食事するってことは、信頼の証みたいなものだよ。良かったね、レイン」

「そ、そうなのか!?」

レインが慌てて顔を上げると、ガガールドは少し照れくさそうな表情をしていた。

その隣で元気になったリヴァルが手を振る。

「レインさん、ありがとうございました！　また来る日を待ってます！」

「アルナ様がいるから心配ないと思うが、魔物には気をつけて帰ってくれ」

「は、はい！　またよろしくお願いします！」

自分を認めてくれたこと――それが嬉しくてレインの声はいつもより大きかった。

ガガールドたちに見送られて、レインの足取りも軽い。倉庫からあっという間に混血種たちの集落へ戻って来た。

　気を張った空間を抜けたからか、ドッと疲れが押し寄せてきた気がする。レインは声を漏らしながら軽く伸びをした。

「アルナ、今日はありがとう。最初はどうなることかと思ったけど、来て良かったよ」

「レインが気に入ってくれたなら嬉しい。きっと彼らも喜んでるはず」

「アルナが優しい英雄ってことも知れたしな」

「……美化されてるだけなのに。まあいいけど」

優しい英雄という称号にムズムズするアルナ。アルナ的には、強い魔王という印象でいてほしかったようだ。

きっとアルナなら、混血種以外の様々な存在に手を貸していそうではある。アルナは自分から語る性格でもないため、このことを知っている存在はかなり少ないだろう。レインはその一人になれたことを誇りに思えた。

「確か、帰りに寄り道するんだったっけ」

「うん。お菓子貰って帰る」

「それだけでいいのか？　その……俺からも何かお礼がしたいんだけど」

「レインから？　んー……えっと。どうしよっかな」

アルナは顎《あご》に手を当てて考える。レインからどのようなお礼を貰うか頭をフル回転させている最中だ。

レインは何気なく言ってしまったが、この長考はちょっとマズいかもしれない。何かとんでもないものを要求されるかも。

アルナのことだから「お礼に結婚」とか当たり前のように言ってきそうである。

最初に条件を設けておかないと大変なことになりそうなため、レインは慌てて一言つけ加えた。

「あ、何か物をプレゼントとかだとありがたいかな！」

「……え。物じゃないとダメ？　どうしても？」

「も、もちろん場合によるけど……変なことじゃない限り」

それを聞いて、アルナは少しモジモジしながら言った。

「頭……撫《な》でてほしかった」

「頭？　そんなことで良いのか？」

「んと、それじゃあ歩く時に手も繋いでもらう」

「それくらいならお安い御用だけど……本当にこれでいいのかな」

レインはアルナの要望に応え、ポンと頭の上に手を置いてナデナデと動かした。

やり慣れていないということもあり力の加減が難しいが、とにかく形にはなっているはずだ。

肝心のアルナは、目を閉じて猫のように身を任せている。ひとまず文句は言われなさそうで安心した。

これくらいのことならば、別にいつでも頼まれればしてあげるのに。それに、頭を撫でられることの何が良いのだろうか。レインは不思議に思いつつも、満足そうなアルナを見て考えることをやめた。

「レインだと落ち着く。ずっとやってほしい」

「流石にずっとは大変だな……」

「それならあと五分。せめて三分はこのままがいい」

アルナは時間がくるまで、その場を意地でも動こうとしなかった。歩き始めたら終わってしまうと分かっていたからだ。

そんなに良いものなら、自分もちょっと試したくなってしまう。レインでいうところの肩を揉《も》んでもらうような感覚だろうか。

アルナレベルの強さだと、力の加減を間違えただけで大怪我に繋がるため気軽には頼めそうにないのだが……。

「――ん？　何かの鳴き声が聞こえる。レイン気をつけて」

「わっ⁉　ビックリした……鳥か」

レインとアルナの上空を飛行していた鳥が、フワッと地上に降り立つ。急に視界に現れたため驚いた。とりあえず攻撃しようという意思はなさそうだが、油断はできない。

「この鳥、多分レインの顔を知ってる。たまたま降りてきたわけじゃなさそう」

「人間界からの追っ手か？　だとしたらこの場所がバレたことになるけど……」

「待って。何か落とした。紙？」

鳥は口に咥《くわ》えていた物を落とすと、バサバサと羽ばたいてどこかに行ってしまう。

レインはすぐに駆け寄ってそれが何なのかを確かめようとした。

それは紙というよりは手紙。差出人の名前はなく、本文しか書かれていない。わざわざ魔界にいるレインを探して手紙を出す理由とは。人間界から送られた物なら、レインが生きていることを知っている者ということでかなり差出人も限られてくる。

「どれどれ」

「何て書いてあるの？」

レインはアルナと一緒に手紙を広げて見る。

人間の文字に詳しくないアルナでも分かるように、書かれていることを口に出しながら読んでいった。

「レイン、お前の力が必要だ。今までのことは全て謝罪する。国王にバレないようにすることも可能だ。お前の影響力は我々が想像していた以上のものだった。商人ギルドも厳しい状況にある。だからどうにか和解できないか――だってさ」

「は？　レインが人間界に戻るっていうこと？　絶対断るよね？　ね？」

「…………」

レインは呆れて物も言えなかった。ここまで怒りを覚えたのはいつぶりだろう。

人は本当に憤慨した時、逆に冷静になる生き物だ。その手紙をレインはずっと無言で見つめる。

今さら和解？　今までのことは謝罪？

ふざけるな。そんなことを言われても、もう遅すぎる。

レインは今すぐにでもこの手紙をグシャグシャにして捨ててしまいたかったが、隣でアルナが見ているため何とか踏みとどまった。

せめてアルナの前では取り乱さないようにしないと。レインは笑みを見せて上機嫌な自分を装った。

……しかし、今回はそれが悪い方向に働いてしまったらしい。

（うそ……レインが笑ってる。こんな手紙を見せられたのに？　もしかして人間界に帰ろうとしてるわけじゃないよね？　でも、やっぱり人間だから帰りたいのかな……それじゃ魔界にいなくなるってことだし。そんなのやだ）

レインの意味深な反応は、アルナを誤解させるには十分だった。

何も言わずに手紙を見つめていたら、レインが葛藤しているように見えてもおかしくない。たとえレインの心の中が怒りでいっぱいでも、神ではないアルナにそれを読み取ることはできないのだ。

アルナは不安でいっぱいになってレインに聞く。

「ね、ねぇ、レインは人間界に戻らないよね？」

「はは、国王が直々に謝罪して罰を受けるなら考えるかな」

「……！」

つまり人間界に戻るなんてありえない——というニュアンスで、余裕を見せるようにレインは言った。

あの国王が謝罪する姿なんて想像できないし、罰を受けるなんて以《もっ》ての外だ。まぁ、万が一そんなことがあったとしても無視するつもりだが。

ということで、レインが人間界に戻る日なんて一生来ない。この手紙も、アルナの見えないところで捨てておこう。

（レインが……人間界に戻るかもしれない。やっぱりレインはそのつもりなんだ）

自分の中で完結したレインとは対照的に、アルナの心中は穏やかではない。条件つきではあるが、人間界に戻っても良いという意思をレインの口から聞いてしまった。国王のことなどよく知らないアルナからすれば、その条件がどれほどありえないのか分からなかった。

レインは戻る気なんてサラサラないのに、アルナの中ではレインが戻る前提で話が進む。

「国王……国王が問題なんだね？」

「え？　うん、まぁ、確かに問題だな」

「分かった。国王……アルナが、この手で」

　この瞬間、アルナの意思は固まった。レインが人間界に絶対戻らないように、自分の力でどうにかしなくては。

　国王が死んでしまったのなら、レインの言っていた謝罪をすることができない。

　そうだ、いっそのこと人間界自体を住みにくくしてしまおう。人間界の付近に魔物を増やしたら、レインも流石に嫌がるようになるはず。

　とにかく国王を殺したら人間界は一気に混乱する。そうしたら、レインが戻っても仕事なんてまともにできない。

　アルナはレインを魔界から出すつもりは一切なかった。せめてあと二年、アルナが魔王の掟《おきて》で結婚できる年齢になるまでは。

（アルナが直接この手で……国王の命を取る）

　ギュッとレインの手を握り、アルナは心にそう誓ったのだった。

終章　竜姫、魔王、吸血姫の怒り

　魔界祭が終了して四日目を迎える。ティアラ、リリア、アルナそれぞれと三日かけてデートしてきたレインだが、今日は特に何の予定もない素晴らしい一日になる予定だ。

　昨日はあのままアルナの城に泊まらせてもらい、起きたのは昼頃だった。三日間の疲れが溜まっていたのか、気絶するように眠ってしまいイマイチ記憶が残っていない。身体《からだ》が「そろそろ休め」と合図を出しているような気がした。

　人間は他の種族と違って休養がとても大事な生き物。働いてばかりではかえって効率が悪い。睡眠時間とかリラックスする時間、あとは何も考えない時間とか。そんな時間がやはり必要である。

　アルナもちゃんとそれを理解しているようで、わざわざレインの部屋に訪れて様子を見にきてくれた。

「おはよ、レイン。よく眠れた？」

「うん、ぐっすりだったよ。まだちょっと疲れが残ってる気がするけどな」

「じゃあもっと休まないと。今日はゆっくり休む日だからね」

　いつにも増して優しさを見せてくれるアルナ。たまにこういう一面を見せてくれるから憎めない。

　今日はアルナも何もせずに過ごすのかなと思ったが、着ている服は完全に外用のものだ。しかも、外用の中でも動きやすさ重視で身軽なもの。

明らかに近場の用事ではなさそうだが、気にしない方が良いのだろうか。

「ならそうさせてもらおうかな。疲れがすぐ溜まるし不便な身体だよ」

「人間の身体は脆《もろ》いからね。すぐ怪我《けが》するし病気になるし、大事にしないといけない」

「確かに魔族の身体に比べたら貧弱かもな。怪我も治りにくいわけだし」

「魔族なら人間が使えないような強い薬も使える。レインの身体を魔族にすることならできるよ？」

「それは……気が向いたらにしておくよ」

レインは自分の身体が魔族のものになった未来を想像したが、ゾッとしてすぐにそれをやめた。やはり自分は人間のままがいい。魔界で生きていくには、人間の身体は不便すぎるかもしれないが、それでも変わる勇気はなかった。

人間で生まれて人間で死ぬのが今のところの目標だ。

「今日は何か用事あるのか？」

「行かなきゃいけないところがある。外せない用事」

「へぇ、アルナがそこまで言うって珍しいな。大抵のことは行けたら行くって感じなのに」

「大事な用事だもん。レインはここで待っててね。今日中には帰ってこれると思うから」

どうやら、アルナはもうそろそろ出発しなくてはいけないようだ。時計をチラチラと気にしているアルナは、もう二度と見られないくらいレアな瞬間である。そこまで大事な用事とは一体何なのだろうか。純粋に気になってしまう。

「どこに行くつもりなんだ？　凄《すご》い人と会ったりするのか？」

「凄い人……と言ったら凄い人なのかな？」

「俺に聞かれても困るけど……」

アルナは軽く誤魔化《ごまか》すと、いつものように下手《へた》くそな指笛を鳴らした。

息をつく暇もなく、もう行ってしまうようだ。答えを教えてもらえずモヤモヤしたままのレインだが、仕方ないので笑顔で見送ることにする。

アルナに限って、戻ってこられないというのもないであろう。続きは帰ってきてから土産話《みやげばなし》と共に聞くことに決めた。

「気を付けてな。アルナに言うのは失礼かもしれないけど、怪我するんじゃないぞ」

「もちろん。ちゃちゃっと片付けてくる」

アルナは小さく手を振って部屋を出ていくことになった。

レインは、ソファーに腰かけるようにして彼女を見送る。小さな背中にふわふわとした雰囲気は、ペットのような小動物を連想させた。

アルナは、レインが近くにいるとリラックスできると以前言っていたが逆も然《しか》り。レインもアルナが近くにいるとリラックスできる気がする。

そんなアルナの空気がレインは好きだ。

「じゃあね」

「おう」

バタンとドアが閉まる。

その時――とてつもないアルナの殺気を感じたのは、気のせいだと信じたい。

◇◆◇◆◇◆

「国王の住んでる場所……王様なら中心地に住んでるのかな？　もっと調べておけば良かった」

人間界と魔界を隔てるような大きな壁。アルナはそれを見上げながら呟《つぶや》く。

ペットの蛇にここまで連れてきてもらったが、ここから先は単独行動だ。魔界ならともかく、人間界をあの巨体で移動するのは危険。移動が多少楽になるだけで、見つかる可能性も上がるしデカい的になるだけだ。長年可愛《かわい》がっているペットというのもあって、殺されるのも悲しいため今は安全な場所で待機してもらっている。

「どうやって近づこうかな」

国王の命を取る――と決めたまでは良かったが、その後のことは何も考えていなかった。

正面から突入するのか、それともコッソリ忍び込むのか。前者は戦力差的に少し厳しいかもしれない。

一人一人は貧弱な人間といえども、数百数千と集まればそこその戦力になる。いくらアルナほどの力があったとしても、全員を相手にするのは流石《さすが》に無謀だ。

アルナが今考えているプランとしては、国王の近くまでどうにか忍び込んで隙をつき殺すというもの。国王の正確な位置や護衛の数など何も把握できていないが、城にまで忍び込めさえすればどうにかなるはずだ。

まずは城の中で一人人間を捕まえる。あまり拷問というのは趣味ではないが、適当に脅せば国王の居場所など吐いてくれるだろう。

　そうしたら、できるだけ近づいて手を下すだけ。三十メートルくらいの距離なら、どんな邪魔が入ろうともアルナのスピードがあれば確実に殺せる。

　ただ、あまり無茶をし過ぎるのも良くない。それだけの距離を詰めて殺したとしても、今度は逃げることが大変になってくる。

　走って追いかけてくるだけなら簡単に振り切ることもできるのだが、魔法を使われたならそうはいかない。基本的に人間のことを見下しているアルナだが、それでも魔法のクオリティーだけは認めていた。魔族も見習わなければいけないポイントだ。

　ということで、数多《あまた》の魔法を避けながら中心地から魔界まで逃げるのは至難の業。アルナたった一人で乗り込むことを考えたら、いつもより数倍慎重に行動する必要がある。

「まずは一人捕まえないと。城の場所を聞かなきゃ」

　アルナはキョロキョロと周りを探す……が、まだ壁を越えていない以上人間なんているわけがない。

　この壁を越えて人間界に侵入。話はそれからだ。

「えい、よっ、はっ」

　アルナは軽い身のこなしで壁を登っていく。壁を登るといっても数センチずつ地道に登るわけではなく、猫のように一気に駆け上がっていく形だ。アルナの身体能力を持ってすれば、十秒ほどで頂上に辿《たど》り着《つ》くことができた。

「いい景色。足になりそうな魔獣がいるといいけど」

アルナは壁の上から人間界を見渡した。意外と自然は豊かだし、土地もそこそこ広い。

この地域は辺境だからか人っ子一人見えないが、中心地に近づくにつれてどんどん人が増えてくるはずだ。ここから見える範囲だとまだ人間は見つからないが、どれくらい移動すればいいのだろう。過去にレインと一緒に来た時は、ユニコーンの足を使っても二時間くらい移動していたような記憶がある。

ちょっと面倒だなぁ……と思っていると。

「え？　あれって――吸血鬼？」

アルナの視界に入ったのは、百を超える吸血鬼たちの軍勢。既に十数キロ先を移動しているが、アルナの目ならこの距離でも確認できる。もちろん、あまりにも異様過ぎて目立っていたという理由もあるのだが。

あれは明らかに来客という立場ではなさそうだ。かといって餌を探しているにしては人数が多すぎるし、目的が読めない。

吸血鬼たちが移動手段として用いているのは、空を飛ぶことができる騎獣。馬のような体に鳥の頭と羽。あれはヒッポグリフと呼ばれるものだ。

ヒッポグリフ一体に数人が乗るような形であり、かなり目立つ集団として移動している。アルナが身を隠すためわざわざ空飛ぶ騎獣を使わないようにしていたのに、それとは真逆の移動方法だ。

「どうしよう。話しかけた方がいいのかな。敵対されないとは思うけど……」

アルナは吸血鬼の軍勢をじっと観察する。吸血鬼たちに敵対されて国王に近づけなくなるというのが一番最悪だが……流石にそれは考えにくい未来。吸血鬼たちだって、人間界で魔王アルナと敵対することは避けたいはず。

それなら、話しかけてみるくらいはしてもいいだろう。アルナも彼らがここにいる理由が純粋に知りたい。

アルナはフワッと壁から着地すると、ヒッポグリフの数倍はあるスピードで走り出した。

「――みんな、止まってください！　後ろから何か来ています！」

吸血鬼たちの反応も早かった。アルナが接近するため一歩踏み出したところで、この軍勢のリーダーが止まるように指示を出す。

まだ距離は数キロ離れていた状態だというのに、この反応速度はアルナよりも凄いかもしれない。

アルナは感心しながら走り続け、待ち構えている吸血鬼たちの前にようやく到着した。

「決して戦わないでください。私が話をつけます」

リーダーらしき吸血鬼を乗せたヒッポグリフが、後ろからゆっくりと歩いてくる。

顔はまだ見えないが、アルナも一歩引いてしまうくらいの覇気。他の吸血鬼たちとは明らかに存在感と強さが違う。

彼女もアルナの強さを感じ取ったのか、話し合いで穏便に済まそうとしていた。それなりに賢そうでもある。

あれ？　というか、何だか聞いたことのある声な気がする。

ずっと昔というよりはつい最近。それで吸血鬼といったら……。

「あ!?　アルナさん!?　え、どうしてここにいるんですか!?」

「リリア？　リリアこそ、どうしてこんなところにいるの？」

吸血姫《きゅうけつき》リリア——アルナのよく知っている人物がそこにいた。

あまりにも他の吸血鬼とは別格の存在感だったのも、リリアというのなら納得だ。

魔界祭以来だから四日ぶりの再会となるのだが、よりによって人間界で再会することになるとは微塵《みじん》も思っていなかった。これは、きっとリリアも同じことを思っているだろう。

リリアがヒッポグリフの上からぴょんと降りてくる。

「私たちは今から人間界に攻め込むつもりなんです。眷属《けんぞく》の報復もしなくちゃいけませんし、レインさんのためにも野放しにはしておけないなと思いまして……」

「アルナも一緒。今から国王の命を取る」

「え？　き、奇遇ですね。国王となるとかなり大変そうですが……」

リリアとアルナの目的が大まかにだが一致する。万が一、目的が対立して敵同士になってしまう可能性もあったため安心した。

レインのために行動するというのなら、アルナもリリアを全力で応援したい。もちろんアルナ自身の目的が最優先であるが、それが終わって余裕があった時、リリアを手伝うことも視野に入れておこう。リリアのことだから、きっとレインに良い影響をもたらしてくれるはずだ。

「アルナさんはたった一人で来たのですか？」

「うん。アルナの目的は国王だけだから。忍び込むのなら一人の方がやりやすい」

「あ、なるほど。確かに魔獣を連れていたら警戒されますね」

それにしても——と、リリア。

「どうしてアルナさんが国王を？　何か恨みでもあるのですか？」

「……レインのため。レインが人間界に連れ戻されるかもしれないから。絶対に阻止する」

「連れ戻される⁉　それは絶対にダメですね！　アルナさん、お願いします！」

　アルナの目的を聞くと、リリアは目の色を変えて顔を近づけてきた。

　リリアがこのような反応をするのも無理はない。きっとティアラもここにいたら同じ反応をするはずである。

　もちろん、リリアにお願いされなくともこれだけは絶対に遂行するつもりだ。

「リリアたちはどこを攻撃するつもりなの？」

「私たちは人間の兵士の数を減らしたいので……とにかく中心地ですね。もう魔界に足を踏み入れないよう警告するつもりです」

「分かった。それなら行先も一緒だね」

　何という偶然。アルナはとても頼もしい味方を見つけることができた。打ち合わせをしていたわけでもなく、本当にたまたま出会い、そして行先まで一緒だったのだ。

　中心地についてからは別行動になるが、それでも何かあった時はお互いに援護に向かえそうな距離感。一気に成功のビジョンが見えてきた。

「それでは途中まで一緒に向かいましょう。何だか楽しくなってきました♪」

「ありがとう。リリアの存在は頼もしい。吸血鬼たちも強そうだし」

「私たちが力を合わせたら人間なんて敵じゃありません――と言いたいところですが、流石に二人だとできることも限りがありますね」

リリアは嬉《うれ》しそうにしているものの、油断するにはまだ早いと忠告をする。もちろんそれはアルナも承知していた。人間界では目に映るもの全てが敵と思っていい。いくらアルナとリリアの二人だったとしても無理は厳禁だ。

せめてもう一人、自分たちと同レベルの戦力がいてくれたら……そんなことを思っていると。

「っ！　アルナさん！　あれ見てください！」

「――え、まさか」

リリアが後方を指差し、アルナも続いてそれを確認する。まだかなり遠いが、何か大きなものがこちらに向かって飛んできていた。

スピードはかなり速い。そして大きさもそこら辺の魔物とは違う。段々と近づいてくることで、その正体は見えてくる。……間違いない。

その空には、紅いドラゴンが力強く羽ばたいていた。

――ティアラだ。

『む。何かいると思ったら……どういう集まりなのだ』

二人に気づいたティアラは、間違えて踏み潰さないようにゆっくりと降りてくる。上空から見れば、たくさんの吸血鬼とヒッポグリフはさぞ目立ったことだろう。ヒッポグリフたちは、あまりにも強さの格が違うティアラに身をすくませている。

ティアラもこの姿のまま喋《しゃべ》るのは疲れるようで、いつもの人型の姿に戻った。

「ふぅ……やっぱり長距離飛行は疲れるのだ。スタミナはずっと課題だな」

さてさて、とティアラは二人の方を見る。

「まさか人間界で出会うとは思わなかったのだ。我を除《の》け者《もの》にするとは水臭いではないか」

「いえいえ、そんなことしてません！　私とアルナさんが出会ったのも偶然なんです！」

「そうだよ。リリアがいてビックリした」

「それじゃあ偶然合流したということなのか？　そして、そこにたまたま我も合流した……と？」

偶然というにはでき過ぎている状況なのだが、リリアとアルナが嘘《うそ》を言っているような気配はない。この場所に三人が集まったのは、本当にたまたまだったということなのか。

「二人はどうしてこんなところにいるのだ？　観光などではないだろ？」

「ティアラはどうして人間界に来たの？」

ティアラとアルナがほとんど同時に喋り出す。それは各々の目的を聞くもの。たまたまここに集まったというのなら、それなりの理由があるはず。ティアラだけではなく、アルナも気になっていることだ。

まずはティアラから自分の目的を明かし始めた。


「我はレインのためにだな」

「あの、私もレインさんのためです」

「アルナもレインのために来た」


それぞれ自分の目的を言うと、お互いに顔を見合わせる。

そして――プッとみんなで吹き出した。打ち合わせもしていないのに、全員同じことを考えていたのがおかしく感じてしまったからだ。

「みんな目的は同じみたいだね」

「そういうことだな。レインも幸運な男だ」

「私たち気が合いますね♪」

三人は一頻《ひとしき》り楽し気な時間を過ごすと、中心地がある方向を見る。そこは、自分たちが今から向かう場所だ。

レインがいない場所でこの三人が集うのは初めてだったはず。ようやくレイン抜きで出会ったというのに、その原因がレインだとは皮肉な話である。この三人を動かせるなんて、世界でもレインくらいだろう。呆《あき》れてしまうくらいの影響力だ。

とにかく乗り掛かった舟。ティアラとアルナは、リリアの乗っていたヒッポグリフに同乗させてもらうことになった。

「私たちは中心地の手前で止まる予定です。ですので、必然的にお送りできるのもそこまでになります」

「それで十分。アルナはそこから国王のところに向かう」

「我はレイン捜索隊の頭《あたま》を狙う。余裕があればランスという男もだな」

三人はそれぞれの目的地を告げる。この中の一人が現れるだけでも対処が大変だというのに、三人が一気に現れた時――人間界はどうなってしまうのだろうか。

間違いなく言えるのは、歴史に刻まれ今後数百年と語り継がれるくらいの出来事になるという

ことだ。

まぁそもそも、語り継ぐことができるレベルで人間界が崩壊しなければ……の話ではあるのだが。

今からそれほどの大事件が起ころうとしている。

数人の実力者は既に異変に気付いているようだが、今さら準備をしても間に合うことはない。

中心地の被害を減らすため、時間を稼ごうと道を阻む者もいるだろう。しかし、そんな強者《つわもの》でも三人を前に稼げるのは精々十秒程度だ。

肝心の狙われている者たちは、寝ていたり食っていたり女を抱いていたり。危機感を抱いている者は誰もいない。

そんな者たちがどうなるのか……わざわざ言う必要もない。

たった一人の人間を追放してしまったがために、このような大事件が起こったと言われて信じる者はいるだろうか。

もっとも。たとえそれを後悔し、どれだけ許しを請おうとも彼女たちは見逃す気などないのだが。

あの時レインに目をつけていなければ。彼の価値に気付いていれば。もっと早く和解をしていれば。

どれだけ悔やんだところでもう遅い。

竜姫《りゅうき》、魔王、吸血姫たちは怒り、一斉に攻撃を始めてしまっている。

書き下ろし番外編

魔王の結婚式

　魔界で活躍する商人のレインは、拠点として魔王城の一室を使わせてもらっている。誤解を恐れずに言えば、いわゆる居候という立場だ。

　人間界を追放され、住む場所も特に決まっていなかったレインにアルナが手を差し伸べてくれた。

　ただ部屋を借りているだけでは申し訳ないため、何か掃除の手伝いなどをしようとしたが従者たちによって全て却下。それならせめて、この部屋の対価を払おうとしたものの、何故《なぜ》か逆に怒られてしまう結果になった。

　レインに掃除をさせたり、お金を払わせたりしたらアルナからこっぴどく言われてしまうらしい。

　それでも何かしら貢献したいというレインに対して従者たちは一言。

　アルナ様のわがままには極力付き合ってあげてほしい――と。

　その話をして以来、特に今までと変わらず過ごしてきたのだが、遂《つい》にそれらしき機会がやってきた。

「レイン様発見！」

「レイン様発見‼」

身体《からだ》が少し大きめで腕っぷしの強そうな従者が四人。それぞれレインの両手両足を持って担ぎ上げる。

グワッと体が浮く感覚。従者たちの肩に乗ると、えっほえっほとレインは運ばれることになった。

理由を聞く暇すらなく、これではまるで拉致だ。

「ちょ、ちょっと！　どうしたんですか！　今から追い出されるんですか!?」

「いえ、アルナ様から招集の命令です！　何が何でも連れてこいとのことですのでご容赦ください！」

「それならこんな運び方しなくても！　普通についていきますよ！」

「すみません！　もし何かあった場合は我々の命に関わりますので！」

レインが説得しても、従者たちが降ろしてくれる気配はない。もしレインが逃げ出してしまった時のため……らしいが、そんなに命懸けのミッションなのか。アルナがここまでするということを考えると、少しずつだが嫌な予感がしてきた。

このパワー系従者たちを振りほどいて逃げ出す力はレインにないため、黙ってこのまま目的地に到着するのを待つしかない。

「あ、あの、何をするためにどこに向かっているのかって教えてもらえないんですか？」

「そこは我々も聞かされておりません！　ただ、目的地はもうすぐです！」

色々レインが聞いてみても、これといった情報は出てこない。彼らは隠しているというわけではなく、本当に知らないといった雰囲気だ。

これから何があるのか全く見当もつかないのが余計に恐怖を増幅させる。

目的地へ近づくにつれて、チラチラと視界に映る従者の数が多くなってきた。走り回っている者もいれば、何らかの役割で待機をしている者まで。とにかく只事《ただごと》じゃなさそうだ。これから一体何が始まるというのか。

そうこうしているうちに、やっとレインは担がれた状態から解放される。

「ピリカ様！　レイン様をお連れいたしました！」

「ご苦労。各自次の仕事に向かいなさい。時間は限られていますから迅速に」

「はっ！」


「え、あの、ちょっと――」

レインを運んだ従者たちは、えっほえっほと次なる現場に向かって走り出した。

目の前には「レイン様控え室」と書かれた部屋がある。そして何より、トゲトゲした雰囲気の怖いお姉さんがいる。

身長はレインよりも優に高く、褐色の肌と真っ白な髪が特徴的だ。月並みな感想だが……迫力が凄《すご》い。

恐らく彼女もアルナに仕える従者の一人だろうが、他の従者とは雰囲気がかなり違う。見るからに優秀そうなオーラというか、強者《つわもの》特有の余裕を感じる雰囲気というか。少しだがティアラたちに通じるものを感じた気がする。

さっきの会話を見ると、従者の中でも地位が高い立場にいることが見て取れるが、これから自分をどうしようというのか。

　レインは完全に威圧されていた。

「突然のご無礼をお詫《わ》びいたします。お話はこちらの部屋の中でいたしましょう。どうぞ」

「あ、ど、どうも……」

　ピリカは部屋の扉を開けると、メイド顔負けの作法でレインを招き入れる。これだけ強そうな人が、丁寧に行儀良くしていると何だか不思議な気分になった。それに、ピリカという名前は聞いたことがあるような。

　……まあ、とにかく話を聞かないと始まらない。

「まずは、私の名前はピリカと申します。魔王軍幹部統括としてアルナ様に仕えております。こちら、証明のためのバッジです」

　魔王軍幹部統括――これがピリカの役職だ。魔王軍に所属していないレインはあまりピンとこないが、それでもかなり高い役職というのは理解できた。きっと幹部というのは魔王軍の中でも選ばれし者しか就けない役職で、それらを統括するのがピリカである。

　ついでにピリカがレインに見せるように差し出したのは、鬼が描かれたバッジ。ピリカが少し自慢げにしていることから、このバッジにも素晴らしい価値があるのが分かる。

　このバッジは後にレインにも渡されることになるのだが、それはまた別のお話。

「僕はレインです。初めまして」

「初めまして。お会いできて光栄です。いつもアルナ様からお話は聞いております」

「それで……僕はどういう理由で呼ばれたんでしょうか？　何かマズいことでもしてないといい

んですが……」

レインは恐る恐る聞いてみる。ピリカの様子から、何かレインに非があるというわけではなさそうだが、それでも少し怖い。

ピリカが口を開くまでの数秒が、いつもより非常に長く感じられた。

「ご安心ください。レイン様に問題があったというわけでは決してありません。ただ、一つ協力してほしいことがございまして」

「協力ですか？　自分にできることならもちろん協力させてもらいますが……」

「ありがとうございます。それで、協力していただきたいことは――ずばり」

レインは息を呑《の》む。

ピリカの口から出てきたのは、想像の斜め上を行くものだった。

「今から、アルナ様との結婚式を挙げていただきたいのです！」

「……はい？」

どう返事していいのか分からず、レインはいかにも困った反応を見せる。

結婚式？　それを今から？　流石《さすが》に急すぎるし、色々大変なことになりそうだから簡単に頷《うなず》けない。

そもそも、アルナは魔王の掟《おきて》によってあと二年は結婚ができなかったはずだ。これはアルナ本人が言っていたことだから間違いない。

一度冷静になって、もう一度ピリカに確認してみる。

「結婚式……って、どういうことですか？　アルナは結婚まではもう少しかかると言っていましたけど」

「すみません、言葉足らずでした。今日行われるのは結婚式の予行練習のようなものです。これでしたら、魔王の掟に反することはありません」

「なるほど……そういうことですか。だからアルナの姿も見えないんですね」

「そういうことでございます。アルナ様は、ただいまドレスの準備中です。とても楽しみにしておられます」

どうやら結婚式というのは本番ではなく、あくまで予行練習らしい。

そういう催しならあらかじめ伝えておいてほしかった気もするが、練習ならレインも負い目を多少緩和して参加することができる。

それにアルナは既に準備しているとのことで、もう断れる雰囲気ではなさそうだ。

ここに来て、従者たちがフル稼働していた理由が分かった。本番はもっと凄《すさ》まじいことになるだろう。

「アルナ様の準備が完了しましたら、レイン様には会場に移動していただきます。といっても、会場はこの城の中なのですが」

「魔王の結婚式って、想像できないんですけどどんな感じになるんですか？」

「レイン様に配慮いたしまして、人間界の文化を踏襲しております。新郎新婦を紹介して、会食があって、余興などもあります。規模は少々違いますがね」

ピリカはかなりざっくりとした流れを教えてくれた。聞いた限りだと、本当に人間界のものと大差がない。

わざわざ人間界風にしたのはアルナの優しさだろう。どこからその情報を仕入れてきたのかは不明だが、レインも驚くぐらいの再現度だ。

レインの呼べる友人は限りなくゼロに近いことに目を瞑《つぶ》れば、とても充実した結婚式になりそうである。

……と、レインは想像していたが、実際に結婚式を開いてしまってはマズいことを思い出す。

ティアラやリリアが何というのかも分からないし、それ以外でも何か大変なことが起こりそうだ。

以前にも迫りつつある結婚の期限に頭を悩ませていたが、その時から何も対抗策は浮かんでいない。そろそろ腹を括《くく》らないといけない日が来そうだ。

「……レイン様、どうかなされましたか？　何やら顔色が優れない様子ですが」

「い、いえ！　何でもありません！　ちょっと考え事をしてただけなので気にしないでください！」

レインは慌てて誤魔化《ごまか》すと、とりあえず今日を乗り切るための覚悟を決めた。裏を返せば本番まではあと二年あるわけだし、焦っても現状が変わるわけではない。

むしろアルナの機嫌を損ねる方が危険だ。恐らく今日のアルナは真剣。もしレインが集中できていなかったら怒るはず。

場合によっては最初からやり直し……なんてこともあるかもしれない。

「とりあえず、こちらでレイン様用の衣装も用意しておきました。タキシードと呼ばれるものです。他のものが良いのであれば、遠慮なくおっしゃってください」

「あ、ありがとうございます。タキシード……久しぶりだ」

レインはピリカが用意してくれたタキシードを受け取った。紺色でオーソドックスなものだったが、他にもたくさんの色を用意していたらしい。

自分のせいで予定が遅れるのは避けたいため、レインは渡されるとそそくさと着替え始めた。

ズボンを着替える時が少し恥ずかしかったが、女性であるピリカがピクリとも反応を示さなかったため、緊張していた自分が間抜けに感じてしまう。

数年ぶりのタキシードに身を包むと、レインは一つため息をつく。

結婚式というものが現実味を増してきて少し不安になってきた。

「あの、ここで気をつけておいた方が良いことってありますか？　こういう経験は初めてなので……」

「そうですね。アルナ様は意外と嫉妬深いところがありますので、ないとは思いますが女性の従者に目移りするとマズいですね」

「マ、マズいというと……どうなるんでしょうか？」

そうですね……と、ピリカは続ける。

いかにも深刻そうな表情で、冗談を言う雰囲気ではない。

「もし仮に、レイン様が私に目移りした場合。私は半殺しにされてしまうでしょう」

「は、半殺し……？　そこまで酷《ひど》いことになるんですか……？」

「はい、一応練習とはいえ結婚式の最中ですので。私も痛い思いはしたくありませんし、お願いいたします。レイン様もお叱りを受けないように気を付けてください」

レインは想像していた十倍以上の厳しい仕打ちに驚いたが、結婚式中ということを考えたら普通のことなのだろうか。
……いや、それを鑑みても流石にやり過ぎだと思う。アルナは恐ろしい。

「かなり厳しいんですね……」

「魔族にとって浮気は最も許し難い行為となっておりますので。私がアルナ様の立場だったとしても、同じような行動を取るでしょう。むしろ命を取らないだけ慈悲深いかと」

容赦ない魔族の文化に呆気《あっけ》にとられるレイン。

そういえば、アルナは以前に浮気を絶対許さないと言っていた。魔族にとって浮気は一番の悪だとか。

人間界であれば、お金で解決できる事例もあるが……アルナの前では金など何の役にも立たないだろう。

「もしかして、普段ティアラやリリアと話してるのも危なかったりするのかも……」

「そちらに関しては、アルナ様も事情を把握しているのではないでしょうか。少し不満に思ってる時もあるかもしれませんが」

アルナを近くで見ているピリカは、彼女の心中を察しながら話す。

「そもそも、あのお二人はアルナ様とはいえ簡単に手を出せる相手ではありません。返り討ちにあってしまう可能性もありますので」

「なるほど。確かに二人が相手だとそうですね」

「ただし——結婚してからだと話は変わってきます」

アルナがティアラたちに手を出せないし、出す気もないというのは理解した。

そして、レインの事情を知っていることも伝わった。

女の勘というやつなのか、ティアラやリリアがレインとパートナーになろうとしていることも知っている。そして、レインが答えを出せずにいることも知っている。

レインに迷惑をかけないためにも、今は自分の気持ちを抑えて休戦状態にいるようだ。

しかし、その休戦状態もレインが答えを出す瞬間までの話。

もしレインが「アルナと結婚」という答えを出したのならば、それ以降はもう抑えることはできない。

「レイン様がアルナ様と結ばれた後。レイン様にちょっかいをかけようとする者がいれば、アルナ様は全力を出すことでしょう。たとえ相手がティアラ様やリリア様だったとしてもです」

「それは……アルナに限らずですよね？」

「はい。ティアラ様やリリア様も、パートナーとなったレイン様を奪おうとする者がいたら排除するはずです」

レインはゴクリと唾を飲み込んだ。自分の決断一つが運命を大きく変えると改めて知ったからだ。

「ですので、レイン様が誰と結ばれるかは非常に興味深いことなのです。もちろん、私としては主《あるじ》であるアルナ様を選んでほしいところですがね」

「……考えておきます。みんなが今まで通りにいられる方法を」

「フフ。全員が幸せになるか、全員が不幸になるか。レイン様は罪な御方ですね」

不敵に笑うピリカ。一応アルナの方に傾いてほしいと思ってはいるようだが、レインに強要まではしてこない。あくまでレインに任せるといった判断か。……逆にそれが不気味に感じた。

「さて、そろそろ準備も終わるはずです。会場に移動いたしましょう。まずはアルナ様のところに行って挨拶をしなければ」

「分かりました。気を付けますね」

「あ、女性従者の件ですね。感謝いたします。その視線はアルナ様だけに向けてあげてください」

今度はピリカがにこりと笑う。先ほどの不敵な笑みと違って、こちらは見る者の心を惹《ひ》く可愛《かわい》らしい笑みだった。

レインは一瞬だけ見惚《みと》れてしまうが、ハッと気付いたように顔をパンパンと叩《たた》く。危ない危ない。もし今の出来事をアルナに見られていたら終わっていた。

今日はこういうことがないようにしないと。大丈夫、ピリカのギャップに驚いただけだ。すぐ誰かに見惚れてしまうようなチョロい男と思われるのも心外である。

肝心のピリカは、そんなレインを見てフフフとからかうような表情をしていた。自分も危ないと言っていたのに、何だか不思議な人だ。

「「――あ」」

ピリカが扉を開けると、そこには自分のよく知っている人物が立っていた。

そう、アルナだ。しかも、しっかりウエディングドレス姿で準備バッチリと言わんばかりである。

アルナのこんな姿は初めて見たのだが……やはりおめかししているだけあって、いつもと雰囲気が全然違う。一瞬誰か分からなかったくらいに別人だ。魔王なのに白が基調のドレス。ただ、レインとしても他の色よりこっちの方が似合っていると思う。

身体が小さめのアルナに合わせて、美しさよりはキュートさ。いつもは前髪で隠れているおでこも、今日は髪を分けているためよく見える。耳の位置には、三つ編みの輪っかが器用に作られていた。髪型だけでも印象ってこんなに変わるんだなぁ、とついつい感心してしまう。

隣にいるピリカも「素晴らしいです」と絶賛していた。レインも釣られて「似合ってるよ」と褒めてみたら、アルナの色白の肌が真っ赤に染まってしまった。

「ばか。いきなり変なこと言わないで」

「ご、ごめん。でもお世辞とかじゃないぞ！　本当に思ったことだから」

「そうですよ、アルナ様。レイン様の視線はもう釘付《くぎづ》けです」

「ばかばか。今日に限ってそういうことばっかり言って」

アルナは自分を褒め称《たた》えているピリカをポコポコと叩く。動揺しているのか、とても可愛らしい照れ隠しだ。

ブツブツと呟《つぶや》きながら。いきなり調子が狂ってしまったので、アルナはどうにか仕切り直した。

「二人が遅いからアルナが迎えにきた。もう準備はできたの？」

「申し訳ございません。こちらも準備は整っていて、今から向かおうとしていたところでございます」

「それなら良かった。一緒に行こ。会場の雰囲気も凄くいい。レインもびっくりするよ」

想像以上にアルナの準備は早く終わっていたらしく、わざわざ迎えにくるほどだった。ピリカはそのことについて詫びると、先頭に立って会場へと案内を始める。

ウエディングドレスを着ているからなのか、アルナは少し歩きにくそうだ。足元もよく見えないし、長いスカートを踏んづけてしまいそうになる。ヒールもいつもより高そうだ。

「おっとっと」

「大丈夫か？　俺の手に掴《つか》まっててもいいぞ」

「手……それじゃあ遠慮なく」

アルナは一瞬躊躇《ちゅうちょ》したものの、我慢する必要はないと察してレインの手を握る。

レインとは何回も手を繋《つな》いだことがあるが、今日は特に手が温かい。レインも緊張して体温が上がっているのだろうか。

いつもなら笑って茶化すこともできるが、今回ばかりはアルナも同じ立場だ。緊張して未《いま》だにドキドキしている。

レインのことを考えたら、どうにも我慢できなくなって疑似的な結婚式を開いてしまった。自分でも分かるくらいに突発的だったが、後悔は全くしていない。急なわがままを聞いてくれたピリカ――おまけにレイン。二人には感謝している。

「フフ、アルナ様。少し遠回りしましょうか？」

「……必要ない。でも、ありがとう」

ピリカは、レインと手を握っている時間を長引かせようとしてくれたが、アルナはそれを断る。

これ以上長く繋がっていたら、どこかでヘロヘロになってしまいそうだからだ。

アルナの意思を確認したピリカは、命令通り最短のルートで会場にエスコートするのだった。

◇◆◇◆◇◆

「本番はこちらの扉から入場になります。アルナ様もレイン様も、気になるところや分からないところがあれば遠慮なくおっしゃってください」

「気になるところ……ですか？」

「はい。本番をより良いものにするために、どのような意見も参考にさせていただきます」

会場の前に連れてこられた二人。ここから先にはアルナの夢見ている場所がある。練習だからそこまで気を張る必要はないはずなのだが、レインの心臓はバクバクと音を鳴らしていた。

アルナはあまり表情に出さないタイプだから分かりづらいが、握っている手には少し汗が滲《にじ》んでいるし恐らく緊張している。何も変わっていないのはピリカだけだ。

「それでは始めましょう――新郎新婦ご入場です」

ピリカが扉をそっと開ける。レインはまだ気持ちを落ち着かせている最中だったが、止めるのが少し遅れてしまった。

……いや、むしろこれで良かったかもしれない。いつまでもタイミングを窺《うかが》っていては埒《らち》が明かなかったはずだ。背中を押してもらった方が助かる、というやつである。

扉が全部開いたら、会場の中が一望できた。使われるのが二年後とは思えないくらいに、全てが綺麗《きれい》に整備されている。

席の数もかなり多い。人間界にある教会の何倍くらいだろうか。教会というよりはパーティー会場の規模だ。確かピリカは人間界の文化を踏襲した結婚式と言っていたが、流石に教会の雰囲気は避けたらしい。魔族的にも、教会という場所はあまりよろしくないものなのだろう。もちろんレインもクレームを入れる気は一切ない。

「よかった。流石に参列者はいないんですね」

「そうですね。呼ぶことも可能でしたが、あくまで予行練習ということでご容赦ください。しかし、本番はこの会場に溢《あふ》れんばかりの参列者を約束いたします」

「あ、ありがとうございます。楽しみです……」

　レインとしては小さい規模でやりたいのが本音だが、アルナはきっとその逆の考え方だ。できるだけ派手に豪華にという方針であろう。

　魔王の婿として人間が選ばれたことに、周りはどんな反応をするのか。考えるだけでも少し怖い。

　ここまで準備されておいて言いにくいが、やはり結婚したということを周りに知らせない方が良い気もする。

　魔王の婿なんて、魔界中の注目が集まるに違いない。冷静に考えて魔王と人間なんて天変地異が起こっても釣り合わないのだ。人間界で言うと、王族と庶民が結婚するようなもの。もしそんなことがあったら、周りはもちろん黙っていないし、実力行使に出る者もいるかもしれない。

　アルナはそんなこと気にしないと言ってくれているが、きっと陰ではあることないこと噂《うわさ》されるだろう。自分が悪く言われるだけなら耐えられるのだが、アルナが噂や悪口の標的となるのなら話は別だ。

かといって、アルナがレインを諦めることは考えにくい。

アルナの意思とレインの意思。結婚しつつ、周りには何も言わせない。

考えうる限りでは、結婚式を行わず関係を隠して結ばれることしか解決法が思い浮かばない。

レインはアルナをチラッと見る。そうしたら、アルナもレインの方を見た。……目が合う。

「あのさ、アルナ。式だってお互いにリスクがあるわけだし。やっぱり、周りには秘密にしておか――」

「――レイン。その話は今日が終わった後に聞く。いい？」

「う……分かった。話の腰を折ってすみません、ピリカさん」

アルナはレインが言いたいことを察して、それを言い切る前に止めた。そこから先は今聞く必要はないと判断したらしい。

　確かに今言っても気分が下がるだけ。ついつい冷静さを欠いてしまった。レインは心の中で反省する。アルナの方がよっぽど大人だ。

　ピリカはそんな二人を見て「若いっていいですねぇ」とニコニコしていた。しっかりとその呟きは聞こえてしまったので余計に恥ずかしい。

　ピリカからしたら、この二人の関係も悩みも可愛く思えるのだろうか。

……そもそも、ピリカは一体何歳なのか。魔族の年齢を外見から予想することは不可能に近い。アルナのように少女の見た目でも数百年生きている者もいるし、逆に大人びていても年齢は一桁というパターンもある。

　流石にアルナよりは年上だと思われるが、どれほど上なのかは聞いてみないと分からない。もちろんそんな失礼なことはしないが。

「それでは続きを。お二人はあちらの席にお願いします。基本的にあちらから動くことはございませんので」

「席……豪華ですね。玉座みたいだ」

「アルナ様とレイン様の席とあらば当然です。お二人に相応《ふさわ》しいかと」

　二人は新郎新婦用の席に案内される。商人だからこそ理解できるが、椅子一つ取っても凄い装飾だ。埋め込まれている宝石もかなりの価値がある。

　アルナが言うには結婚式のための特注品らしい。よく観察してみたら、過去にレインが持ってきた宝石も埋め込まれていた。一時期アルナがやけに宝石を注文していた時期があったが、こういうことに使うつもりだったのか。

「こちらでアルナ様やレイン様の紹介をいたしましたら、続いて主賓挨拶となっております」

「しゅひんあいさつ？　何それ？　人間界の文化？」

「簡単に言うと、ゲストの中でも格の高い者が行うスピーチといったところでしょうか。新郎側と新婦側からそれぞれ一名ずつ主賓を立てるのが一般的と調査いたしました」

　アルナの当然すぎる疑問も、ピリカがしっかりと解決してくれた。この完璧な説明を聞いたら、入念に人間界をリサーチしていることが分かる。

　というか、正直に言うとレインよりも詳しいかもしれない。レインもピリカの説明を聞いて、「そういえばそんなのがあったなぁ」と思い出していた。

　つまり、双方が代表者のようなものを立てないといけないのだが、そこで新しい問題が生まれてしまう。

アルナはともかく、レインは一体誰を呼べばいいのだろう。そもそも、代表者どころか一人呼べるかどうか怪しいレベルだ。

呼べる人が誰もいませんと申告しないといけないなんて、情けないことこの上ない話なのだが、レインは恥を忍んで二人に相談してみる。

「あの……主賓を用意することが難しいというか、状況的に厳しいというか」

「なるほど。確かにレインさんの立場を考えたら難しいかもしれませんね。配慮が足りず申し訳ありません。……ですが、主賓は片方だけでも大丈夫だと調査結果にあります。ご安心ください」

レインの悩みは、ピリカがサクッと解決してくれた。人間とは違って魔族らしい柔軟な対応だ。謝る隙さえ与えないほどの対応スピード。アルナが魔王軍幹部統括としてピリカを信頼している理由が分かった気がする。

しかし。とりあえずレインの問題はどうにかなったのだが、これで全てが解決したわけではない。

レインの代わりにアルナが主賓を呼ぶことになったのだが、誰を呼ぶかまだ決めきれていないのだ。候補がいないレインと違って、アルナが抱えている問題はその逆。候補があり過ぎて誰にするか決め切れない。

こういう時は大抵ピリカに丸投げしているのだが、今回もピリカがやってくれるだろうか？

とりあえずアルナは聞いてみる。

「ねぇ、しゅひんあいさつはピリカがやってくれる？」

「そうですね……私は裏方に回るつもりでしたが、どういたしましょう。もちろんアルナ様がご命令なさるのなら引き受けさせていただきます」

「後で探してみる。もしもの時はピリカに頼むから準備しておいて。二年後だけど」

かしこまりました――と、ピリカは一礼する。

今から二年後の挨拶に向けて準備するとはなかなか気が早い話であるが、彼女は難なくそれをやってしまいそうだ。

このやり取りで、アルナとピリカの信頼関係が垣間見《かいまみ》えた気がした。

「主賓挨拶が終わりましたら、会食がスタートになります。その後、人間界にはケーキ入刀というものがあるらしいのですが、こちらも取り入れた方が良いでしょうか？」

「ケーキ入刀？　ケーキを刀で切るの？　なんで？　何がしたいの？　人間がすることはよく分からない」

「夫婦になって初めての共同作業……という意味でやると聞きました。ただ、アルナ様の言う通りよく分かりません」

アルナもピリカも、人間界の文化に疑問を抱いている様子。昔から知っているレインは疑問を感じることすらなかったが、冷静になって考えてみればおかしな文化だ。

魔界にもケーキ自体は存在しているようだが、わざわざ刀を使って切るようなことはしない。基本的に人間界の結婚式を踏襲しようとしているピリカでも、意味がよく分からないため悩んでいるらしい。

そこまでレインもこだわりがあるわけではないので、アルナに全部任せるつもりではあるのだが。レインはアルナの様子を窺ってみる。

「アルナ、どうする？　俺は無理にする必要はないと思うぞ」

「意味はよく分からなかったけど、面白そうだからやってみたい」

「そ、そうか？　アルナがそう言うなら俺は止めないけども……」

アルナの反応は意外と肯定的なもの。普通に断ってもおかしくないところだったが、アルナの好奇心の方が勝ったようだ。

アルナがやりたいと言うのならレインが拒む理由もない。レインも経験したことはないため少しやってみたくもある。

ピリカも「了解しました」と言ってメモを取った。一言書き込むだけではなく、かなり詳細に書き込んでいる気がする。そんなにメモすることがあるのか不思議だったが、きっと魔界では慣れないことだろうし必死なのだろう。

「入刀用の刀ってどれがいいの？　せっかくだから、宝物庫にあるあの剣にする？」

「さ、流石にそれはマズいかと思います……宝物庫にあるものはどれも大切なものですので」

少し困惑した様子で説得するピリカ。宝物庫の剣でケーキに入刀とはなかなか豪快な話だ。ピリカが止めるのも無理はない。

一応その宝自体はアルナのものであるため、ピリカもなかなか強く言えない様子。

魔王城の大切な宝がケーキを切るために使われるのはレインも避けたいことである。

アルナはイマイチ価値が分かっていないのかもしれないが、最高級のワインで手を洗うようなものと伝えたら納得してくれた。

「宝物庫の剣を使うくらいなら俺が用意するよ。だから考え直してあげてくれ。ピリカさんも困ってるしさ」

「分かった。レインがそう言うなら任せる」

「ほっ……ありがとうございます。レイン様」

アルナを止めることができて、ピリカは安堵《あんど》したように胸を撫《な》でおろした。

もしこの場にレインがいなかったら、本当に宝物庫の剣がケーキに埋まっていたのだろうか。

そう考えたら恐ろしい。

流れでレインが刀を用意しないといけなくなったが、元の損失に比べたら大したことではなかった。在庫の中に刀の記憶はないため、どこかで注文する必要があるのだが……候補を何個か考えておこう。

「こちらが終わりましたら、お色直しの時間になりますので。お二人には一度退場していただきます――あ、お色直しというのは、結婚式の途中で席を外して着替えることでございます」

「着替えなきゃいけないの？　めんどくさーい」

「こちらは休憩の時間も兼ねておりますので、レイン様のためと思ってご容赦ください」

「む。それなら仕方ない。人間はすぐ休憩が必要だから」

最初は面倒だと乗り気じゃなかったアルナも、レインの名前を出されるとすんなりと受け入れた。アルナがレインに甘いところも、ピリカはしっかり学んだらしい。これから効果が薄くならない範囲で何回も使われそうだ。

「じゃあ一回退場して、もう一度入ってくるんだね。その後は？」

「その後は余興がございます。現在、余興を任せてほしいという者が殺到しておりまして、オーディションをしている最中です。かなり厳正に審査いたしますので、とても素晴らしい時間になると思われます」

「オ、オーディションですか……？　余興って、こちらから頼むのが普通だと思ってました……殺到ってどれくらいなんでしょう？」

「そうですね、四桁は超えております。その中から数名選ぶ予定です」

四桁……千人以上が立候補しているというのか。あまりにも高い倍率であり、本当に狭き門だった。

やることは人間界と一緒でも、それまでの過程が全く違う。レインも過去に余興を頼まれたことがあったが、その時は忙しさと恥ずかしさで断ってしまった。基本的に自分から立候補してやりたがる人は見たことがないが、ここでは真逆と言える現象が起きている。

どうしてこんなことになっているかというと、それはもちろんアルナの結婚式だからこそだろう。

厳しいオーディションを勝ち抜いた者のみが立つことの許されるステージ。余興というか、これがメインみたいなものだ。

オーディションの過程や努力を想像したら、楽しむというよりは尊敬の眼差《まなざ》しを向けることになると思われる。

「どんな人が立候補しているんですか？　もしかしたら知ってる人もいるかも……」

「有名なところで言うと、人魚姫のセイレーヌがいましたね。彼女は余興で歌を歌いたいそうです」

「セ、セイレーヌって、あのセイレーヌですか!?　歌姫と呼ばれてて、彼女の歌を聞くには全ての財を手放さないといけないと噂の!?」

「はい。どうにか歌わせてほしいと土下座で頼み込んできました。特殊ルートというのは認めておりませんのでご安心ください。きっちり審査いたします」

余興にしては豪華すぎる名前に、レインはついつい声を響かせてしまった。

人魚姫セイレーヌなんて、そう簡単に呼び出せる存在ではない。しかも、余興で歌わせるなんてもったいなさすぎる使い方だ。

もし余興に出てとセイレーヌにオファーなんてしたら、普通はとてつもない怒りを買うことになる。それなのに、ここでは立場が完全にひっくり返っている。土下座までするのだから、心からセイレーヌは参加したいようだ。

しかし、アルナの結婚式のステージはそんなに軽いものじゃない。

セイレーヌとあらば問答無用で即採用しそうなものだが、今回は忖度《そんたく》抜きの本気審査らしい。ピリカの気合いも伝わってくる。

このオーディションは熾烈《しれつ》な戦いになりそうだ。その様子を一般公開しないのが本当に心惜しい。

「もしよろしければ、レイン様も審査に参加いたしますか？　きっと退屈はしないと思われますが」

「え!?　いいんですか!?　見てみたいです！」

「レイン、ダメ。一回見たら本番で驚けなくなる。我慢して」

「うっ……」

お願いしますと意気込んだレインだったが、その夢は儚《はかな》く散ってしまうことになった。

もちろんアルナの言いたいことは分かる。初めてのリアクションは本番まで取っておいてほしいということであろう。

それでも、普通じゃできない体験を待てないのが男というものだ。レインはどうにかならないかとピリカを見た。

「ピ、ピリカさん……」

「申し訳ございません、レイン様。たった今、オーディション会場への立ち入りが禁止となりました。もしレイン様が侵入しようとした場合、我々も全力で止めなくてはなりません。ご理解いただけますと幸いです」

「そ、そんな……どうしても無理なんですか？」

「はい。アルナ様の許可が必要となります。ですが、アルナ様は許可をするつもりはないようです。頬がぷっくりとなってるのはお怒りの証拠ですので」

ピリカは申し訳なさそうにレインに言い聞かせた。確かにアルナは頬を膨らませてレインを見ている。無粋なことを言ってしまったレインに少し怒っているようだ。

アルナを納得させるにはあまりにも悪すぎるコンディション。これは諦めるしかない。

見たかったなぁ……とレインは心の中で呟いた。

「ご安心ください。レイン様の無念を晴らすためにも、私が責任を持って審査いたします。本番を楽しみにしていただければ」

「は、はい、お願いします……ハハ」

そういうことじゃない気がする……とは言えなかった。

ピリカなりの誠意というかフォローというか。今は信頼して本番に期待するしかない。

アルナもそれを望んでいることだし、大人として駄々をこねることはやめてすんなりと受け入れよう。

「余興が終わりましたら、アルナ様とレイン様でお互いに用意した手紙を送り合っていただきます。もう終盤ですね」

「え、手紙を？　何だか恥ずかしいですね……」

「魔界ではオーソドックスな形式です。ここでお互いに愛を伝えあったり、日頃の感謝を述べたりすることができます。いつもなら言えないことを言う場ですので、恥ずかしがらずに本音をさらけ出してくださいませ」

あまり聞かない催しだと思ったら、これは魔界の形式に則《のっと》ったものだった。普段そういうことをしないレインには、あまりにも経験がなさ過ぎて上手《うま》くできるか分からない。

そもそも、仕事以外で誰かに手紙を書くなんていつぶりだろうか。感謝を伝えることなら恥ずかしがらずに伝えられるかもしれないが、愛となるとどうしても羞恥心は出てくる。

それに、アルナに対する感情は愛と呼ぶには違う気がした。それじゃあどういう感情なのかと聞かれたら、難しくて答えが出せそうにないのだが……こういうところが男らしくないと言われる所以《ゆえん》なのかもしれない。

「そうだ。試しに簡単な練習をしてみませんか？　そちらにお二人が向き合う場所があります。立ち位置確認と思って、さあさあどうぞ」

「分かった」

「え、ちょ——」

ピリカに場所を指示されると、アルナは立ち上がってレインを無理やり引っ張るようにして連れてきた。

立ち位置と言われた場所には、ご丁寧に赤色のテープでバツ印がつけられている。本番もこの印があれば、グダグダとレインが迷うこともなさそうだ。

ここでお互いに向き合って、手紙で気持ちを伝えろとのことだが……流石に恥ずかし過ぎるのではないだろうか。それに、面と向かって読み上げるのであれば、手紙というよりは台本という方が近いかもしれない。

ほとんど告白のようなものを、大勢が見ている前でしろというのはレインにしてみればかなり勇気が必要である。

伝える側でも伝えられる側でも平常心でいられる自信がない。何なら、今の段階でも顔が赤くなり始めていた。

「本番はこの向き合った状態でお手紙を読み上げます。アルナ様、一度レイン様に何かお伝えになってみますか？　愛の言葉とは言いませんが、日頃の感謝など、良い機会と思いますので」

「日頃の感謝……うん」

アルナは何か決心したように唾を飲み込む。

一応アルナにも恥ずかしいという気持ちはあるようで、顔が少しだけ赤くなっている。そんなことなら、わざわざこのタイミングでやらなくても……と思うのだが、背水の陣というやつだろうか。

アルナの口からどんな言葉が飛び出てくるか分からないため、レインはグッと身構えてしまう。

「えっとね、その……気の利いたこと言えないけど、レインには感謝してる。アルナ、実は友達が少ないからレインが相手をしてくれて嬉《うれ》しい」

アルナの第一声は、意外にも純粋でストレートに感謝を伝えてくれるものだった。

「友達が少ない？　そんなイメージ一つもなかったよ。だって、アルナの周りにはずっと誰かがいるし」

「誰かはいてくれるけど、友達じゃなくて従者。一度従者になったら、絶対に友達になることはできない。だから、対等に接してくれるのはレインくらいしかいない」

言われてみれば。確かにアルナと対等に接することができる者はごくわずかだ。

中にはティアラやリリアのような存在もいるが、彼女たちもそれぞれ別の場所で王として暮らしているため一緒にいられる時間は少ない。

小さい頃からずっと魔王として崇《あが》められてきたのだから、気軽に話したり遊んだりできる友達がいないのも当たり前である。

一度従者になったら、絶対に友達になることはできない――これはアルナだからこそ言える言葉であろう。

アルナがどれだけ友達になりたくても、魔王と従者という立場は確実に存在し、その壁はどうやっても壊せない。

だからこそ、レインのような最初から対等な立場だった存在は希少なのだ。

「アルナも結婚するなら対等な立場の人がいい。逆に言うと、アルナと対等な存在じゃないと困る。自分では気付いてないかもしれないけど、レインみたいな人は世界中探しても見つからないんだよ？」

「……アルナがそう思ってくれていたこと知らなかった。結婚のことを考えたら、アルナが俺のことをよく気にかけてくれる理由が分かった気がするよ」

「ち、違う！　そんな理由じゃない！　アルナはレインのことが好きだから――あっ」

アルナは自分が言ったことに気付き、慌てて口に手を当てる。しかし、そんなことをしても遅い。アルナの熱い思いは、しっかりとレインの耳に届いて頭で認識されてしまった。

直接レインにこの思いを伝えたのは初めて。隣で見ていたピリカも、まさか本当にこのタイミングで伝えるなんて思っていなかったようで、驚いた顔を隠せずにいた。こんな顔のピリカは、きっと数年に一度見れるかどうかだ。

そして、肝心のアルナは何も言わなくなっていた。恐らく自分の行動を後悔している最中だと思われる。

以前夜這《よば》いじみたことをしていた時は特に表情を変えていなかったのに、アルナ――というか魔族の感覚はイマイチ分からない。

「まさかここまでストレートなアルナ様が見れるとは、流石でございます。これが本番でないことを悔やむばかりです」

「からかわないで、ピリカ！　レイン、これは違うからね？　いや、好きなのは違わないけど、でも違うというか――」

「と、とりあえず落ち着いてくれ、アルナ。言いたいことは分かるぞ。今回の場合は友達として好きっていうことだよな？」

「違う！　レインのバカ！」

　アルナの一言をきっかけにこの場は混沌《こんとん》を極めていた。

　レインの鈍感な部分が悪い方に作用したことで、さらに状況とアルナの顔色は悪くなっていく。

　流石にこの鈍感さはピリカも驚くくらいに酷かった。明らかに異性として話しているのにも拘《かかわ》らず、どうしてこのタイミングで「友達として好き」と思えるのだろうか。

　これを見たら、アルナの日頃の苦労も窺えた気がする。

「アルナ様……レイン様はマジでおっしゃられているのですか？　もしそうなら天然というレベルではないですが」

「マジで言ってる。だからアルナも困ってる。想像より強敵だから気を付けて」

　レインには聞こえないように、アルナとピリカが顔を近づけてコソコソと話し合っている。

　明らかに自分の方を見て何か話しているというのに、特にレインは気にすることなく話が終わるのを待っていた。こういう性格だから、あの鈍さに繋がっているのかもしれない。

　ただ、レインもこの様子なら慌ててさっきの言い訳をする必要もなさそうだ。アルナもそれに気付いて落ち着きを取り戻しつつある。

　アルナはふぅと一息ついてレインの方に向き直った。

「取り乱した。冷静に考えたら、別にそこまで恥ずかしいことじゃなかった。アルナとレインは結婚するのに、こんなことで一々恥ずかしがってたら子ども十五人作れない」

「生々しいことを言うな。確かに十五人欲しいとか言ってたけども……」

「毎年二人ずつっていうのも覚えててね」

　いつか訪れるかもしれない未来を想像してレインは肝を冷やす。

　もちろん人間と魔族の常識の差であろうが、十五人なんてレインのキャパシティーでは不可能だ。もちろん従者たちによって子どもの世話係が作られるようだが、それでも体力が追いつく気がしなかった。

　それに、子どもといっても魔王の血を引く子ども。手加減ということを知らない分、逆にレインが近くにいると危ないかもしれない。

　どれだけ向こうがふざけていたとしても、レインにとっては致命傷となってしまう可能性がある。育児だけでも命懸けだ。

「アルナ様のお子様を見る日が楽しみでございます。どのようなことがあろうと我々が一生見届けるつもりです。アルナ様の血を引き継いだ最強の魔王……これほどワクワクすることはありません！」

「ピリカはずっと言ってるもんね。アルナを超える魔王が見たいって」

「アルナ様が歴代の魔王様の記録を圧倒的に更新されてしまったので、余計にアルナ様を超える方を見たいのです。その可能性があるのはアルナ様のお子様しか考えられません」

　あまりにも大きすぎる期待をされていることを知ったレイン。

アルナが強いことは知っていたが、まさか歴代の中でも類を見ないほど強いとは知らなかった。

そこまで凄いアルナの子とあれば、期待されるのも当然なはず。

それでレインの血が混ざったことによって、期待に添えない子が生まれてしまったら……。

そこから先は考えるのが怖くなってやめてしまった。

アルナは別にそんなことなど気にしないかもしれないが、やはり周りの声は聞こえてくるだろう。

まさかこんな問題に直面することになるとは。やはりアルナとの結婚の前には高い壁がたくさんある。

「おっと、すみません。この話になるとついつい興奮してしまいまして……」

「ピリカは生粋《きっすい》の魔王オタクだからね。むしろ今日は抑えられている方だからマシ」

「お恥ずかしい限りです。毎日アルナ様の従者でいられることに感謝しています」

失礼いたしました――と、ピリカは二人に一礼した。

レインの知ることのなかった、ピリカの新しい一面だ。他の従者に比べて、忠誠心が目に見えて高いなと思っていたが納得できる。

魔界にはアルナのファンが大量にいるが、ピリカもその中の一人だったらしい。

アルナに一番近い距離で仕事ができるのは、ファンとして形容できないほど名誉なことだろう。

そう考えたら、アルナから貰《もら》ったバッジを自慢げに見せていたのが可愛く感じる。

「えっと、結婚式はこの手紙でおしまいですか？　もうそろそろ終盤だと思うんですけど」

「いえ、最後に一つ大事なイベントがございます。人間界でも馴染《なじ》み深いのではないでしょうか」

「あ……もしかして」

「はい。誓いのキスでございます」

何となくレインも察してはいたが、やはり魔界でも誓いのキスというものはあるようだ。以前からよく人前でそんな恥ずかしいことができるなと思っていたが、まさか自分が経験するかもしれない日が来るなんて。

レインとアルナの目が合う。その瞬間何とも気まずい空間になった。

やけにアルナがじーっと見てくるので、レインは根負けして目を逸《そ》らしてしまうことに。

そんなレインに気を遣ったのか、ピリカが素早くフォローに回る。

「ご安心ください。気持ちの準備もあるでしょうし、今日はあくまで練習です。特別なことでもありますし、本番の時まで取っておきましょう」

「そ、そうですよね。分かりました。ありがとうございます」

ピリカのフォローは完璧だった。

先ほど強引に手紙の流れに持っていった者と同一人物とは思えない。後で感謝を伝えておかなければ。

きっとアルナも同じ気持ちだろう。ムードもへったくれもないこのタイミングではアルナも嫌なはずだ。

「アルナ様もそれでよろしいですか――あ！」

「――むがっ！」

ピリカがアルナにも確認しようとした瞬間に、バッとアルナが魔王の強いバネで飛び込んでくる。

飛び込んでくるといっても胸とかにではない。アルナの顔が、思いっきりレインの顔の前にきた。こんなに近くでアルナの顔を見たのは初めてだ。いや、アルナに限らず誰かとここまで顔を正面で近づけるのも初めてかもしれない。

レインが混乱して何もできずにいたら、アルナが意を決したように唇と唇を重ね合わせる。

重ね合わせる……というよりは、ごっつんこしたといった方が適切か。口の中が切れて血の味がしたというのが正直な感想だ。

「ア、アアアアアルナ……!?」

「……なに？」

「なにじゃないよ！　どうして急に――いや、確かにそういう話はしてたけど！」

アルナはレインにしがみついていた状態から手を離して降りる。

動揺しまくっているレインに対して、アルナは何事もなかったかのような様子だ。

レインは自分の唇を触って、たった今の出来事をどうにか受け止めようとしていた。しかし、あまりにも突然であったため、未だに心臓がドキドキと動いている。

「二年後まで我慢できなかったから。いけなかった？」

「うっ……。いけない……とは言えないけど。急だったからビックリしたよ」

「レインだったら許してくれると分かってたから。ビックリさせてごめん」

言い訳も素直な謝罪も、レインの想定していた反応とは違って少し戸惑う。

レインの性格的に、ごめんと言われたら基本的にそれ以上責めることができない。かといって、ここで「許す」という行為も傲慢なのではないかと気になって素直に行えなかった。

どういう返事が正解なのだろうと限られた数秒で考え、その結果「別に気にしてないよ」と濁した返事をすることに。

「いや、アルナに謝ってもらうほどのことじゃないというか……アルナがいいならそれでいいというか。――って、アルナの耳赤くなってないか？」

「へ？」

ここで、レインはアルナの変化に気がついた。

「ほら、何だか耳がいつもより赤くなってるぞ。ちょっと身体も震えてるし、熱でもあるんじゃないか？　今日一日中無理してたから疲れたとか……」

「ちょ、これは別にそういうのじゃ……」

「――レイン様。予行練習は全て終了いたしましたので、一度休憩室に参りましょう。外で待機している従者に案内してもらえるはずです。ささ、どうぞお願いいたします」

これはマズいという空気を悟ったのか、ピリカはレインの背中に手を当てて会場の外に出ることを促す。

先ほどのやり取りでレインの天然具合は何となく理解した。恐らく、今のアルナの繊細な気持ちはレインに扱い切れないだろう。

むしろアルナに変な傷をつけないためにも、レインはこの場にいない方がいい。ピリカは有無も言わせぬ早業でレインを外に案内した。

この空間に残されたのは、ピリカと顔を真っ赤に染め上げたアルナだけである。

レインがいなくなったことで、アルナは今までに見たことがないほど顔を緩ませていた。

「アルナ様、お疲れ様でした。まさかこんなことになるとは思わず、対応が遅れてしまったことを謝罪いたします」

「……うん。だいじょーぶ。ふぅ」

「気持ちを整理する時間は必要でしょうか？　お一人になりたいとあらば、私もすぐに消えますが」

「ここにいていい。飲み物持ってきて。冷たいの」

「かしこまりました。少々お待ちください」

冷たい飲み物を要求したアルナは、かなり脱力して近くにあった適当な椅子に座った。

そして、唇を触ってさっきあったことを思い出している。

何か「ほわ」とか「むぅ」とか独り言を言っているが、ピリカは聞こえないフリをしておく。

「お待たせいたしました。お茶とジュースがありますので好みの方を」

「ありがと。アルナはジュース飲むからピリカはお茶飲んでいいよ。座って」

「それでは、お言葉に甘えまして。隣失礼いたします」

ピリカは少し迷ったものの、素直にアルナの言葉に従って隣に座る。

すると、隣にいるだけでアルナの身体から発せられる熱気がどんどん伝わってきた。触らなくても分かるほどとてつもない発熱だ。

アルナはジュースの注がれた冷たいコップを頬に当てて身体を冷やしている。

アルナにとって先ほどの行為は、それほど影響を与えるものだったらしい。そういえば、レインもアルナほどではないが顔を赤くしていた。

　こんなにピュアな男女は久しぶりに見た。昔の自分を思い出すみたいで、こちらまで甘酸っぱい気持ちになる。

　ピリカが体験したのはもう数百年前も前だったが、まさかまたこんな間近で見させてもらえることになるとは。

　何だか若返ったような気がして、ついついアルナにも踏み込んだ話を聞いてみたくなる。

「その、いかがでしたかアルナ様。こんなことを聞くのも不躾《ぶしつけ》ですが、本番の参考にすることもできますので……差し支えなければ、感想をお聞きしたいです」

「感想……すごかった。頭がフワッてして、身体が熱くなって。今もあんまり頭が回らない」

「ほうほう。頭がフワッとしたのですね。その気持ち、分かる気がします。キスの最中は何を考えていましたか?」

「……それって言う必要ある?　結婚式のためじゃなくて、ピリカが個人的に聞きたいだけじゃないの?」

「はっ！　も、申し訳ございません！　調子に乗り過ぎました……」

　アルナにピシッと怒られたので、ピリカは反省しながら頭を下げた。本当はもっと色んなことを聞いて青春を感じたかったが、これ以上は触れない方が良さそうだ。

　今は頭が回っていないというセリフから、何でも答えてくれるかと思っていたのだが……意外と冷静である。

　ただ、感想自体は聞くことができたので良しとしよう。

「とにかく本日はお疲れ様でした。今回の練習を参考にして、本番の準備をしたいと思います」

「ピリカもお疲れ様。……それじゃあ、アルナはレインのところに行く。落ち着いてきたから」

「了解いたしました。私は少しこちらを掃除してから向かいたいと思います。まだ外に他の従者が待機しているはずですので、そちらにお声がけください」

「はーい。じゃ、行ってくるね」

「――あ。アルナ様、少しお待ちください」

　レインの元に向かおうと一歩踏み出したアルナを、ピリカは思い出したかのように止めた。

「結婚式の開催に伴って、人間たちの存在が邪魔になってくることが予想されます。あらかじめ対処はしておくつもりですが、レイン様のような貴重な人間を巻き込むことは避けたいので、今のうちに殺してはいけない人間をリストにまとめていただけたら」

「そんなの気にしなくていいよ。レイン以外の人間は別にどうでもいい」

「全て死んでも構わないということでしょうか？」

「そう。ただ、レインだけは何があっても怪我《けが》させないでね。人間も何をしてくるか分からないから」

　承知いたしました――と、ピリカは頷いた。

　特定の人間の生死に気を遣わなくて良いのなら、その分レインの護衛に集中できる。人間界の騎士の中にもそこそこ有能な者はいるだろうが、アルナが必要ないと言うのなら従うだけ。

　少しもったいないとは思うが、わざわざピリカの独断で生かしておくほどでもないため結果は変わらない。

結婚式を万全の状態で行うための仕方ない犠牲だ。

「任務は水面下で行う予定です。ヘイトを我々に向けないためにも、アルナ様には人間界に攻撃したり乗り込んだりなどの行為を自重してもらう必要があるのですが……」

「任せといて。アルナはちゃんと冷静な子だから。自分勝手に人間界に乗り込んだりしない」

「流石です、アルナ様。要らぬ心配をして申し訳ありません」

二人で顔を見合わせて、ハハハと笑う。

ピリカも心配し過ぎたようだ。アルナはもう子どもではない。しっかりと損得を考えて、感情をコントロールできる精神を持っているはずだ。

立派に成長したなぁと保護者的な感情を抱きながら、ピリカはアルナと一旦別れた。

後にアルナは「人間界に攻撃する」「人間界に乗り込む」の二つを思いっきり感情に任せてやることになるのだが、今のピリカには知る由もないことだった。

書き下ろし番外編Ⅱ

三人の看病

「おい！　レイン⁉　体調は大丈夫なのか⁉」

「レインさん！　お見舞いの品を持ってきました！」

ドンと勢いよく開けられる魔王城の一部屋。この部屋は、レインの拠点として使われている一室だ。

そんな場所に声を張り上げながらやってきたのは、竜姫《りゅうき》ティアラと吸血姫《きゅうけつき》リリアの二人である。

普通ならこの二人が魔王城に足を運ぶことなんてない。魔王アルナと仲が悪いわけではないが、周りのピリついた空気の居心地が悪いのだ。

つまり、ティアラとリリアがここにいるのはかなり珍しい事態。もしアルナに呼ばれたとしても行くかどうかで一時間くらい迷うのだが、今回は一秒の迷いもなく即決で行くことを選んだ。

その理由というのも――。

「あぁ、二人とも。別にそこまで慌てなくていいのに」

「過労で倒れたと聞いたが、本当に大丈夫なのだろうな！　人間なんていつポックリ死んでもおかしくないのだぞ！」

「ちゃんと普段から栄養や睡眠を大事にしないとダメですよ！　忙しそうにしてましたし！」

二人をここまで焦らせた原因であるレインは、ベッドの上で上半身を起こした状態で本を読んでいた。

太ももの上では、アルナが体を丸めてぐっすりと眠っており、まるで猫のように占拠している。

レインが過労によって倒れたと聞いた日には、この世の終わりのように焦っていたティアラとリリアだったが、ひとまずはいつもと変わっていない姿を見せてくれて一安心。

しかし、安心したのも束の間で、過労という自分たちとは無縁の症状で倒れたレインへの心配が襲ってくる。

「とにかく、薬という薬は全部持ってきました！　どれが効くのかは分からないので、慎重に使ってもらわないと危ないのですが……」

「竜人族に伝わる医療用の酒も持ってきたぞ。人間でも何かしらの効果は期待できるかもしれん」

「いや、別に病気っていうわけじゃないからな？　ただの過労だから、休んだら元通りになるはずだよ」

彼女たちなりに、どうすればレインの役に立てるか考えたのだろう。リリアはとにかくたくさんの種類の薬を、ティアラは医療用らしい酒を一升持ってきてくれた。

レインとしては、その気持ちだけでも十分にありがたいのだが、どちらもあまり効果があるとは思えない。人間界にいた頃も、何度か疲労が溜まって倒れたことがあったが、ある程度休養を取ればすぐに治った。今はあの時ほど若くないかもしれないが、心配するほどではないだろう。

ティアラとリリアを見ると、心配をかけすぎてしまったなと胸が痛くなった。

「休めば治るのだな？　本当だな？　急に死んだりしないのだな？」

「今のところは大丈夫だと思う。身体《からだ》のどこかが痛いっていうわけでもないし。心臓とかが痛むっていうんだったら、もっと入念に調べなくちゃいけなかったけどな。この仕事をしてるならよくあることだよ」

「レインさんはもっと自分の身体を大事にした方がいいです！　レインさんの身体はお金じゃ絶対に買えないんですから！」

「うっ……それを言われたら何も言い返せないけど」

リリアの正論に、レインはつい怯《ひる》んでしまった。

自分の身体を大切にしないといけないことも、急に死なない保証があるわけじゃないということも分かっている。分かっているが、普段からそんなことを考えて生きている人間はいない。やりたいことがあるのなら、自分の限界を超えてでも頑張るし、身体に悪いと思っていても無理をしてしまう生き物だ。働きすぎて死ぬなんて、きっと二人には一生分からない感覚だろう。

「とりあえず今は安静にですよ！　無理して仕事なんかしたらダメですからね！　アルナさんを見習ってください」

リリアはめっと叱るように言うと、アルナに視線を向けた。

そこには、気持ちよさそうにスヤスヤと寝ているアルナがいる。

「今さらなのだが、どうしてアルナがここで寝ているのだ？」

「それは……昨日俺が倒れた時から寝ずに看病をしてくれてたみたいで。今は疲れて寝てるけど、さっきまではしっかり休めるようにサポートしてくれてたんだ」

「ふむ。なるほどな。アルナなりにやることはやっていたみたいだな」

アルナはこの事態を口実に、レインと一緒に寝ているだけかと思ったが、意外と根性のある仕事をしていた。

　ただレインとくっついているだけなら頬でも引っ張って無理やり起こしてやるつもりだったが……これならティアラも文句を言うことができない。というか、ちょっと見直した。

レインの膝の上で眠れることは少し羨ましくもあるが、今は共にゆっくり休ませてやるとしよう。

「何か私たちにできることはないですか？　アルナさんと同じように、私たちもお役に立ちたいんです！」

「ここまで来てやったついでだ。今日はレインの願いを聞いてやるのだ」

「できることって言われても……水とか食事はアルナの従者が持ってきてくれるし、今困っていることもないし」

　レインは頭を悩ませる。お見舞いに来たティアラとリリアは、せっかくなので何か看病らしきことをしたいようなのだが、正直に言ってしてほしいことは特にない。

　水はさっき持ってきてもらったばかりだし、お腹《なか》も空《す》いていない。そもそも、病気で熱があるというわけでもないため、看病なんて大層なものは必要ないのだ。

　強いて言うなら、本でも読みながらゆっくり休む時間が欲しい。ただ、この二人を前にそんなことを言ったら嫌そうな反応をするはずだ。

　今の二人にどんな役割があるか考える。

「そうだ！　元気が出るホットドリンクを作ってきます！　この城って食料庫ありますよね！」

「ホットドリンク？　我が持ってきたあの酒ではダメなのか？」

「疲れてる体にお酒なんてダメですよ！　レインさんの身体に合わないかもしれませんし！」

「む、そうか……」

リリアは思い立ったら即行動のスタンス。

ホットドリンクなるものを作るために、魔王城の食料庫を目的地にした。

こういうのは風邪の時に作るイメージがあるが、今回の場合も効果はあるのだろうか。まぁ、流石《さすが》に悪化する原因にはならないだろうし、言われてみたらちょっと甘い飲み物も飲みたくなってきた。

「血液とか、そういうのは混ぜても元気にならないからな」

「もちろん分かってます……！　少し待っていてください！」

リリアは来た時と同じように強く部屋の扉を開けると、食料庫があるところまで駆けていった。

この城はなかなか大きかったはずだが、彼女は食料庫の場所を把握しているのだろうか。運が悪ければ平気で一時間以上迷うことができるくらいに広いため、今になって少し心配になってくる。

幸いリリアのコミュニケーション能力は高いため、廊下で従者を一人でも見つけることができたら案内してもらえると思う。

その時に色々理由を説明しないといけないのが面倒くさそうだが、きっと大丈夫だと信じたい。

ホットドリンクの完成を気長に待つとしよう。

そして問題なのは、残されたティアラ。

「我もホットドリンクとやらを作った方が良いのか？」

「い、いや、そんなたくさんあっても飲み切れないよ」

「じゃあ我はどうしたら良いのだ！」

「ちょ、俺に聞かれても……」

ティアラはダンと一回地面を踏んだ。

看病とはそこまでして成し遂げたいものなのか。まるで駄々をこねる子どもである。

「……はぁ」

これ以上ティアラを悩ませるのもお互いに良くないと思い、レインは正直に本心を打ち明けることにした。

「ティアラに何か求めるつもりはないよ。ただ隣にいて、たまに話し相手になってくれるだけで十分なんだ。リリアはともかく、ティアラはこういうことに慣れてないだろうしな」

「……ただ隣にいるだけでいい？」

「うん。近くに誰かいるって安心するし、それがティアラだとなおさらだ」

ティアラのご機嫌を取るためのリップサービスなどではなく、普段から思っていることを伝えるレイン。

これはティアラに限らず、リリアでもアルナでも同じことだ。

ティアラの包容力も、リリアの明るさも、アルナの癒される雰囲気も、レインに元気を分けてくれる。

無理に何かをしてもらう必要は全くなく、ずっとそこにいてくれるだけでいい。

あまり照れくさくていつもなら言えないことだが、なかなかない機会だし日頃の感謝を伝えるという意味でも口にしてみた。

そんな言葉を受け、肝心のティアラは——。

「よく恥ずかしげもなくそんなことを言えるな。この女たらしが」

「うっ……そう言われたら恥ずかしくなってくるじゃないか。さっきのセリフは忘れてくれ……」

「いーや、忘れてやらぬ。それどころか、ずっと頭の中でリピートしてやるのだ」

「な、なんだそのよく分からない嫌がらせは!?」

ティアラは少し頬を赤くしながら、ニヤニヤとレインを見つめる。

そしてレインは、「あんなこと言わなければ良かった」と頭を抱えて後悔し始めている。

ティアラのことだから、アルナやリリアにも言いふらされるかもしれない。そんなことがあった暁には、レインはもうまともに三人と顔を合わせられなくなってしまう。

柄にもないことを言うんじゃなかった。今日は厄日だ。

「もういい。寝る。おやすみ、ティアラ」

「ん、そうか。……しかし、今日は冷えるであろう。そんな軽く薄い布団で大丈夫か？」

「え？　まぁ、確かにちょっと寒いと感じることはあるけど」

ティアラはレインの隣に座って問いかける。

寒いと言えば寒いけど、どうしてこんなことを聞いてくるのだろう。リリアの作ったホットドリンクを、分けてもらえないか交渉しているのだろうか。

「我は竜人族だ。体温も人間より少し高い。体を温めておくのは大事なことだからな」

「え——ちょ!?」

そう言うとティアラは、困惑するレインに構わず、布団の中に潜り込んでくる。大きくて邪魔になると思われた尻尾《しっぽ》は、レインの足に巻き付けて強引に解決させた。

これならレインは逃げられないし、密着して体温を直《じか》に感じることができる。この瞬間、レインは蛇に絞め殺される鼠《ねずみ》の気持ちを理解したのだった。

「てぃ、ティアラ……近すぎる気がするんだけど」

「何か問題はあるか？　これで寒くなくなったであろう？」

「これだと落ち着かないから違う問題が……一旦離れてくれないか？」

「断る。レインがあんなことを言うから悪いのだぞ」

ティアラの押さえつける力が強くなった。

それは人間と竜人の力の差を見せつけてくるかのような抱擁。ティアラにはどうやっても敵《かな》わないと教え込まれているような気持ちになる。

これじゃあもう当分動けそうにない。ティアラの気が済むのを待つか、誰かが助けにきてくれるのを待つか。

アルナを起こすという最終手段もあるが、彼女の眠りを妨げるのは気が引ける。

というか、ティアラが結構大胆にモゾモゾ動いているのに、それでも起きないのだから随分と深い睡眠だ。

さて、どうしたものかと思っていると。

「すみませーん！　食料庫への道って分かりませんかー！　この城かなり広く――て!?」

先ほど食料庫へ駆けていったはずのリリアが、ルートを聞きに戻ってきた。

そして、布団の中にいるティアラと、しがみつかれているレインを見て目を丸くする。

これはラッキーな展開かもしれない。リリアならティアラを引き剥がすことができるはずだ。

リリアに優しく諭されたら、流石のティアラも大人しく身を引いてくれるだろう。

レインは希望を込めた、助けを求める目でリリアを見る。

「リリア、助けて——」

「ず、ずるいです、ティアラさん！　私も一緒に寝たいです！」

「はぁ？　ちょ、リリア？」

リリアは吐き出すようにそう言うと、ちょうどティアラとレインの間くらいに飛び込んできた。

ティアラは「む」と受け止め、レインは「ぐえっ」と声を漏らす。

ティアラだけではなく、リリアにも身体を押さえつけられてしまった。

しかも、ティアラよりもリリアの方が力強い。

「おい、自重するのだ。我が先にこの場所を取ったのだぞ」

「ティアラさんはもう堪能したはずですから、今度は私の番になるはずです！」

「……こりゃダメだ」

レインは諦めたようにそう呟《つぶや》くと。

二人の争奪戦が終わるまで、何もない天井をただ見つめて過ごしたのだった。

あとがき

はじめまして。作者のはにゅうと言います。

この度は、拙作をお買い上げいただき誠にありがとうございました。

二〇二三年の二月に発売されるこの作品ですが、恐らく私が大学生であるうちに出版する最後の小説となることでしょう。

大学生として初めて出版させていただいたのが一迅社ノベルスで、大学生として最後に出版させていただくのも一迅社ノベルスとは、何やらエモーショナルな気持ちになります。

デビューから二年半ほど経ちましたが、思い返せば色々なことをしてきたなぁ……と。

コミックスを含めると、大体十六冊ほど出版させていただきました。その中の十冊は一迅社で出版していることを考えると、実家のような安心感を覚えてしまいます。

まずは一迅社様にも感謝しつつ、それでも結局は読者の皆様の応援があったおかげです。

大学を卒業した後も、色々な形で世に作品を出していけるよう頑張っていきますので、引き続き応援していただけると幸いです。

ちなみに、この作品はコミカライズ企画も進行中ですので、連載が始まった時はそちらの方も覗いてもらえると作者はとても喜びます。

さてさて。

お世話になった方々に、この場をお借りして感謝を伝えさせていただこうと思います。
ご迷惑をおかけした担当編集さん。素晴らしいイラストを付けてくれた福きつねさん。
そして何より、この作品を読んでくださった皆様。
本当にありがとうございました。
これからの作品共々、応援していただけると嬉しいです。
また皆様と出会えることを願って。

売国奴《ばいこくど》として国《くに》を追放《ついほう》された商人《しょうにん》、実《じつ》はチートな人脈《じんみゃく》を持《も》っています

～和解《わかい》をしようとしているがもう遅《おそ》い。竜姫《りゅうき》、魔王《まおう》、吸血姫《きゅうけつき》たちが怒《おこ》って一斉《いっせい》に攻撃《こうげき》を始《はじ》めてしまいました～ 2

初出……「売国奴として国を追放された商人、実はチートな人脈を持っています
～和解をしようとしているがもう遅い。竜姫、魔王、吸血姫たちが怒って
一斉に攻撃を始めてしまいました～」
小説掲載サイト「小説家になろう」で掲載

2023年2月5日　初版発行

【著　者】はにゅう

【イラスト】福《ふく》きつね

【発行者】野内雅宏

【発行所】株式会社一迅社
〒160-0022東京都新宿区新宿3-1-13　京王新宿追分ビル5F
電話　03-5312-7432（編集）
電話　03-5312-6150（販売）
発売元：株式会社講談社（講談社・一迅社）

【印刷所・製本】大日本印刷株式会社

【ＤＴＰ】株式会社三協美術

【装　幀】寺田鷹樹

ISBN 978-4-7580-9529-7

Printed in JAPAN

おたよりの宛先
〒160-0022
東京都新宿区新宿3-1-13　京王新宿追分ビル5F
株式会社一迅社　ノベル編集部
はにゅう先生・福きつね先生